천년의 시 0081

네팔상회

천년의시 0081

네팔상회

1판 1쇄 펴낸날 2018년 6월 18일
지은이 정와연
펴낸이 이재무
책임편집 박은정
편집디자인 민성돈, 장덕진
펴낸곳 (주)천년의시작
등록번호 제301-2012-033호
등록일자 2006년 1월 10일
주소 (04618) 서울시 중구 동호로27길 30, 413호(묵정동, 대한문화원)
전화 02-723-8668
팩스 02-723-8630
홈페이지 www.poempoem.com
이메일 poemsijak@hanmail.net

ISBN 978-89-6021-376-0
          978-89-6021-105-6 04810(세트)

값 9,000원

네팔상회

정 와 연   시 집

천년의
시 작

곶감 덕장

주름진 얼굴에서
쫀득한 냄새가 난다

촉촉한 이름을 벗고 갈아입은 이름
노인, 곶감, 황태, 번데기, 시래기 다 싱싱함을 버리고
얻은 이름이다

시를 쓴다는 것은
세상의 덕장에 막대기 하나 꽂고
나를 말리는 일이다
허수아비가 늘 허수아비이듯 가벼운 것들은 다 덕장을
거쳐 온다
깡마른 이름 하나 얻고자 밤과 낮의 덕장에서 가슴과
고민의 덕장에서

말리고 또 말려 얻은
이름 하나 있다

차 례

시인의 말

제1부

제1부

유리를 부는 사람

유리 공장 이 씨는 40년 숙련공이다

입속에서 수많은 유리 제품이 튀어나온다 불기만 할 뿐 들숨을 허용치 않는다 벌게진 얼굴로 들숨을 참았을 때 날숨이 식으면서 온갖 기물器物이 된다

숨이 굳어 만들어진 날숨 덩어리들이 현란하다 한때 그는 제 숨으로 만든 유리잔에 술을 부어 마시기도 했다

폐활량은 쉽게 깨진다 깨지는 순간 숨도 끝난다

말에도 여러 모양의 폐활량이 들어있듯 이름에도 온갖 폐활량이 들어있는 것 헉헉거리는 말과 숨이 산산조각 날 때가 올 것이다

나를 건드리지 마시오 나를 건드리면 날숨을 훅 내뱉으며 쨍그랑 깨질 것이오

끝 숨을 불기 위해 첫 울음이 있었다

볼링

사과는 옆모습부터 익어간다
주렁주렁 사과를 딸 때는 삼각 변부터 따야 한다
옆모습부터 따려면
휘어진 볼로 들어가야 한다

우리는 주말에 모여
사과나무 하나를 두고 볼링을 쳤다
태풍은 삼각 변을 찾지 못해
그냥 지나갔다

사과의 꼭지는 철든 말투
사과나무들의 한철 이주지 같은
빨간 행성들

한판 볼링 핀을 세워놓은 모습으로
사과나무는 사과를 주렁주렁 달고 있다
삼각을 향해 스핀을 걸었다
손가락으로 사과를 비트는 스윙
가지가 휘는 낭창한 슬라이딩
까치밥도 남지 않았다

봄부터 늦여름까지 전진하는
사과들은 둥근 모양이지만
어느 쪽일까, 흔들면 삼각의 모서리부터 무너진다
삼각을 갖고 노는 하루
사과 속에는 스트라이커,
까만 볼링공들이 박혀 있다

퍼펙트로 서 있는
빈 사과나무들

봄날의 무직

바쁜 꽃들,

봄은 들판부터 좁은 보도블록 틈까지 공휴일이 없다 오
래전 폐업한 인력 사무소 잠긴 문을 두드리는 사람들이 가
끔 있다 이 동네 사람들이 아닌 허겁지겁 도착한 겨울의 옷
차림들이다

왼쪽에서 오른쪽으로 잠깐 비틀었을 뿐인데 단단하게 잠
긴 문 그와 반대로 잠깐 틀었을 뿐인데 한껏 열리는 봄 오늘,
저 문을 열려고 했던 뒤늦은 겨울옷의 사람들은 공친 날이다

어느 쪽이 봄입니까
어눌한 말투로 물어보는 사람들이 가끔 있다

봄날의 무직은 서글프다 지구는, 계절은 잠깐 그 각도를
틀었을 뿐인데 열리고 또 닫힌다 굳게 닫힌 저 문의 열쇠를
살짝 틀어놓고 싶은 봄날 가끔은 요지부동의 순간이 있다

꽁꽁 언 수도꼭지는 마중물 같은 따끈한 물이 필요한 것처
럼, 제 손끼리 비벼가며 녹이는 두 손등처럼 봄의 가운데 잠

긴 문이 있고 열쇠는 또 어느 폐업의 상실 속에서 녹슬어 갈까

굳이 나를 꼬집지 않아도 아픈 봄은 있다

밧줄 한 뭉치

시장에 가서 검은색 밧줄 한 뭉치를 사 들고 집에 와서 유심히 살펴보니 그것은 흰 밧줄의 뭉치였네

얼룩말 한 마리가 뒷발질하고 있었네 바탕을 착각했다는 생각 착시를 믿었다는 생각 누가 밧줄 뭉치를 초원에 풀어놓았을까

흰 밧줄인지 검은 밧줄인지 꽁꽁 묶어놓은 얼룩말 뭉치

시장에서 사 온 검은색 아니, 흰색 줄을 옥상에 매었다네 가지런히 얼룩말 아른거리듯 걸려 있네 때론 격렬하게 뒷발질치는 얼룩말들은 늘 보송보송 마르고 있다네

맹수들이 가끔 툭 끊어버리는 얼룩말의 줄, 여기저기 뜯겨 흩어지고 있었네 오래 입은 옷이 뒤틀리는 것은 맹수 한 마리 옷 속에 숨어있기 때문이라네

열선 난로 같은 검은 줄마다 햇빛이 들어와 있다네 뭉치면 보호색이고 흩어지면 표적이 되는 줄무늬라네

한 집 안엔 줄무늬 숨기고 있는 얼룩말 있다네 줄무늬가 있
어 얼룩말이듯 가족은 흰색과 검은색 뭉치라네

옷 한 벌 널어놓은 줄 뭉치라네

밀봉

저 편지 봉투에는 꽃송이로 찍은 밀랍이 붙어있었다 편지의 내용은 신맛과 떫은맛을 지나 결국에는 단맛으로 읽힌다고 한다

봉투의 틈이 열리고 붉은 말들이 새어 나왔다고 한다 바람과 햇살이 서로 돌려 읽는 동안 빗방울에 번졌다고도 한다 어떤 편지든 씨 없는 편지는 없다고 한다

봄에서 늦여름까지 가는 한 통의 편지, 편지는 그 속뜻도 달콤하지만 껍질도 유용하다고 한다

손과 손을 달리는 편지

밀봉은 결국 찢어지는 소리로 그 속을 열어 보인다는데 동봉된 향기와 지면에 콕콕 박힌 검은 활자는 붉은 지면과 혼용되어 읽히는 순간이라고 한다 속달로 부쳐 온 편지에는 계절을 건너뛰는 통로가 따로 있어 그 통로를 거쳐 온 내용이 더 부드럽다고 한다

사람들은 편지를 뜯기 전 톡톡 두드려보는 습성이 있다는

데 그것은 내용을 미리 점쳐 보는 것이라 한다

편지 봉투를 찢는 순간, 달콤한 이야기들이 쫙 쏟아져 나
오는데

한마디로 여름은,
꽉 찬 한 통의 편지를 읽는 맛이라고 한다

다독이는 저녁

집 나간 고양이가 돌아온
저녁을 다독인다
손바닥에 검은 때가 묻는다
그건 저녁 어스름을
한없이 돌아다녔던 흔적

종종 전봇대에 붙는 고양이들
밤이면 물살 같은 수염의 가릉가릉 소리가 들렸다
무심코 흘러들었던 고양이들의 울음소리가
내 아이의 울음소리로 들리던 저녁
화들짝 나가 보니 내 발을 핥고 있다

먹고 자고를 며칠째 반복하더니
홀쭉한 배가 채워지고 제 모습을 찾아간다

나는 불을 켜지 않은 방으로
빈한하게 들이치는 어스름을 또 다독거린다
딸깍, 불을 켜면 집 근처를 서성이던 고양이들처럼
어스름은 후다닥 도망친다
가끔은 저녁이 있어 참 다행이라는 생각을 한다

어스름을 묻히며 내려놓거나
포기하는 일을 고르는 저녁

돌아온 고양이 몸에
전엔 보이지 않던 잿빛이 등을 타고 빠져나가고 있다
그것 다 안다 내 손으로 옮겨 온 것이라는 것을
잿빛 하늘에 별이 솟듯
저녁을 쓰담쓰담 다독이다 보면
손바닥에 별 뜨는 날 꼭 올 것이다
나를 다독이듯
고양이를 다독이는 저녁이다

귀밑으로 몰려드는 흰 구름의 무심함으로

한낮, 어린아이 두 명이 보행자 표지판을 걸어간다

간판을 걸려면 저 정도는 되어야지 족히 삼사십 년은 되었음직한 이발관 간판은 칠이 다 벗겨져 겨우 '이발'이라는 글자만 보인다 저 안의 이발사는 늘 자그락거리는 검은 발밑을 지나왔다

흰 가운에 늙은 간판 고딕풍의 의자에는 제라늄 화분 하나 말끔하게 자라고 있다

그는 무엇이든 짧게 깎는 재주가 있다 새벽을 바짝 추켜올려 깎거나 노을을 검은 저녁 쪽으로 깎는 일쯤은 예사다 구름이 칠해진 숲을 면도하는 뒷날을 돌아보면 파릇한 모근이 말끔하다

검은 머리는 흰 머리카락을 골라내고 흰 머리는 검은 머리가 되려 한다 무심히 자라고 변해 가는 것들을 무심히 앉아서 깎아내고 있는 무심한 나이들, 지명도 상호도 없는 '이발'이란 희미한 간판으로 이 동네의 어른들이 꾸역꾸역 모여들고 있다 모여들어서는 꾸벅꾸벅 졸다 화들짝 옛 표정의 한때로

깨어나는, 귀밑 근처의 저 흰 구름의 무심함으로 지나온 길
처럼 가르마가 희미해지고 어느덧 2:8의 비율로 늙어가는 흰
가운의 이발사 머리 위로 하얀 구름이 흩어지고 있다

샌들의 감정

그것은 엉키는 방식에 따라
수십 가지의 무늬로 바뀐다
여름엔 숨고 겨울엔 나타나는 맨살의 감정이 있다
부푼 발등과 바람의 방향, 그리고 햇살의 끈
강풍의 힘으로 멀리 갔다 오는 여행이 있다
끈을 엮어 장식을 만드는 것은
매듭을 지나온 것들이지만
한철 풀리지 않고 감기는 줄기는 질겨서
풀어지지 않는 매듭을 얻고
끊어지는 부분을 허락했다

작두콩들이 줄기를 신고 보폭을 재며 걷는다
잘려진 전파와 달팽이 무늬
흩어지기 직전의 비행선을 풀어
가시와 소음을 골라내는 방식
코르사주가 있는 것들은 나팔꽃 줄기를 애용하고
거미줄은 몇 끼 식사를 보관해 둔다
옥수수 껍질로 밑창을 깔고 그 수염을 꼬아서
발목을 두르면 하모니카 소리가 난다
매미는 갈라진 뒤꿈치를

날개로 감싸고 여름 한철을 운다

겨울의 장식인 맨발을 여름에 신는다
가장 앙상한 미학,
여름에 끊어지지 않던 줄기들
겨울바람은 툭툭 끊어지기 일쑤다
겨울은 샌들이 쉬어 가는 계절
샌들은 나무에서 내려와 줄기 식물이 된
진화론을 가지고 있다
겨울이면 샌들은 다 운동화 끈으로 바뀐다
원피스 감정 밑엔 샌들의 감정이 있다

네팔상회

분절된 말들이 이 골목의 모국어다
춥고 높은 발음들이 산을 내려온 듯 어눌하고
까무잡잡하게 탄 말들
같은 말을 하는 사람들이 모이면 동네가
되고 동네는 골목을 만들고
늙은 소처럼 어슬렁거리는 휴일이 있다
먼 곳의 일을 동경했을까
가끔은 무명지 잘린 송금이 있었다
창문 없는 공장의 몇 달이 고지대의 공기로 가득 찬다
마음이 어둑해지면 찾는 네팔상회
기웃거리는 한국어는 이국의 말 같다
달빛과 향신료가 듬뿍 밴 커리와 아짜르
손에도 엄격한 계급이 있어 왼손은 얼씬도 못하는 밥상
그러나 흐르는 물속을 따라가 보면
다가가서 슬쩍 씻겨 주는 손
그쪽에는 설산을 돌아 나온 강의 기류가 있다
날개를 달고 긴 숫자들이 고산을 넘어간다
몇 개의 봉우리가 창문을 두드린다
질긴 노동이 차가운 맨손에서 목장갑으로 낡아갔다
세상에는 분명 돌아가는 날짜가 있다는 것에 경배,

히말라야 줄기를 잡아끄는 골목의 밤은
왁자지껄하거나 까무잡잡하다
네팔 말을 몰라 그냥 네팔상회라 부르는 곳
알고 보면 그 가게 주인은 네팔 사람이 아니다
돌아갈 날짜가 간절한 사람들은 함부로
부유하는 주소에서
주인으로 지내지 않는다

집을 뜯어 먹는 사람들

이제 사람들은 집을 뜯어 먹는다

제일 먼저 자잘한 장식들을 집어먹는다 줄어드는 촛불들, 집이 환하게 불 밝힐 때마다 여러 차례의 생일들이 지나갔다 칼로 방들을 자른다 식구가 많을수록 조각은 작아진다 입속에 넣으면 녹아 사라지는 아이들의 잠꼬대와 옹알이들 안방은 끝까지 남겨 두려 한다

단맛은 쓴맛의 과거다

집을 뜯어 먹는다 창문에선 남향의 맛이 나고 현관에선 술취한 자정의 맛이 난다 뾰루퉁한 맛과 부글거리는 맛이 나는 안방과 거실 사이 집은 오래된 부위가 더 맛있다 식탁에선 자꾸 줄어든 의자의 맛이 나고 거칠던 입맛들은 잔잔해진다 집은 딱딱하지만 미각은 갈수록 헐거워져 오래 우물거려야 한다

집은 점점 작아진다

인터폰은 맨 나중에 뜯어 먹기로 한다 아직 귀가하지 않은

숟가락이 있다고 생각하면 쉽게 넘기지 못하는 쓴맛이 있다

집을 뜯어 먹는 사람들, 폐가처럼 점점 기울어진다

월식 이야기

검은 무쇠솥과 흰밥은
각기 다른 천체다

흰밥을 덮는 검은 솥뚜껑의 월식

검은 솥 안에서는
달이 끓고 있다

그사이 온갖 반찬들이 만들어지고 숟가락과 젓가락이 제
위치에 놓이고 도마에선 마늘이 다져지고 파와 풋고추가 썰
리고 수많은 빗금이 그어지고 캄캄한 단절이 집 안에서 일
어난다

솥과 밥은 지구와 달
솥뚜껑을 열면 하얗게 열리는 달
월식이 진행되는 동안
솥에서 밥이 끓고 뜸이 들어간다

솥뚜껑이 미끄러지듯 열리면 식구들이 둘러앉아 따끈한
달을 떠먹는다 뭉근하게 뜸 들였던 이야기들이 달달하게 피

어오른다

　월식은 김을 확 뿜어내고 끝이 난다
　누가 달을 차갑다 했나
　김이 모락모락 나는 달

　따끈한 달을 한 입 두 입 떠먹고 배꼽달*이 두둥실 떠오르
는 저녁 구름은 슬금슬금 달의 언저리에 돌아눕는다

* 배꼽달: 밥을 배불리 먹고 달처럼 둥그러진 배를 말한다.

앞발을 핥다

붉은 피가 흐른 앞발을
오래 핥고 있는 개
가지런히 모은 통증을 앞에 두고
개는 묵묵히 핥는 데 열중한다

공손하게 모은 앞발이
날카로운 이빨과 혓바닥 앞에
저처럼 순종적이라니
마치 힘껏 움켜쥔 손에
잡혀 있던 아픈 배처럼
피 맛을 정성스럽게 위무하고 있다

공손함 앞에는 어떤 으르렁거림도 없다
귀를 잠깐 세웠다 이내
다시 제 상처를 핥는 고요함
개의 꼬리는 삼엄한 경계 중이지만
피 맛 앞에서는 온순한 시간
누구나 제 피 맛 앞에서는
저렇게 공손하다

복슬복슬한 털 뭉치가
날카로운 이빨이
저의 통증으로 포만한 귀 밝은 어둠이
욱신거리는 저녁이다

수혈

벗꽃 그늘 밑 햇살 섞이는 벤치에
여학생 둘이 앉아 꽃그늘 수혈 중이다

까르르 웃는 피가 손목을 타고 들어갈 때마다 벗꽃들은 흩
날린다 정맥을 타고 다니는 파란 핏줄기에서 새 가지들이 움
튼다

밟으면 팍팍 터지는 버찌의 날이 틀림없이 오긴 오겠지만
꽃그늘이 까르르 웃음을 수혈받는 중인지 여학생들이 벗꽃
송이를 받아들이는지 알 수 없는 피톨에 꽃 피는 시절이 있다

구름 몇 덩이는 하늘을 더 푸르게 하지만 파란 날을 지나
붉은 날을 앓는 어깨 들썩이던 계절은 짧다 봄을 맞는다는 것
은 12만 킬로미터 혈관의 길이가 아직 팽팽하다는 것 다그치
는 봄기운이 돌고 있다는 뜻

늙는 일은 점점 길어지는 혈관을 갖는 일
숨찬 피가 헐떡거린다는 것

봄은 더 멀어지는데 꽃그늘 두어 뼘이 아득하다

매미

8월, 아버지 고추밭에 약 준다

옆구리에서 맴맴 매미가 운다 매미는 등에 제 날개를 지고 그 투명한 짐 다 내려놓을 때까지 운다 짧지만 우는 무늬를 한 짐 지고 가는 생, 호사스럽다.

빨간 고추밭 고랑을 오가는 매미, 옆구리에선 독한 울음이 계속 뿜어져 나온다 약효가 다 떨어지면 고추는 후드득 떨어진다

딸자식 시집가면 남의 식구라고 사돈네 식구야, 사돈네 식구야 장난처럼 불렀던 아버지 큰아들 날아가고 아무 곳에나 붙어 울던 아버지 사돈네 식구인 나는 밭고랑에 떨어진 짓무른 고추였다

빈 약통을 두드리면 매미 날아간 빈 나무의 울림 같은 공명 소리가 들렸다

마루, 오수에 빠진 아버지 약에 취했는지 아니면 당신 짊어졌던 날개의 한 생에 취했는지 초라하다

빈 허물 같은 8월의 약통 속은 텅 비어있다

사슴이 눈을 감을 때

사슴의 뿔을 보면 사다리 같다는 생각, 제 뿔에서 뛰어내리는 영혼을 죽음에 걸쳐놓고 사슴은 직각의 은신처를 기다린다는 생각

고개를 숙여야만 먹을 수 있는 초식, 뿔을 하늘에 척 걸치고 연한 나뭇잎을 따 먹기도 하는, 솟은 뿔을 벗고 연한 뿔이 돋는 곳엔 불현듯 들었다 내리는 고개에 불안이 있지

뿔을 벗는 것과 새고자리가 돋는 곳엔 어떤 상처가 있을까

버거움과 가벼움에 대해 갸우뚱하는 고개, 일 년의 농사를 어디에 부리고 어떤 휴식을 기다리는 것일까

다시 처음으로 돌아가는 길 뿔을 벗고 새순을 키우는 봄 뿔의 법칙에는 연조나 과시가 있지만 연한 뿔에서는 왠지 비릿한 냄새가 날 것 같다는 생각

사슴은 언제 그 또랑한 눈을 감을까 목덜미가 헐거워졌을 때, 혹은 온갖 풀들의 맛이 사라졌을 때 또랑한 그 눈으로 사다리의 갈래를 헤매다가 매년 길을 잃어버리는 수난을 겪지

만 그 뿌리가 자라서 또 다른 방향을 가리키고

    삶과 죽음이 웅크리고 있는 갈래에서 맹수가 들이닥치면 무겁고 거추장스러운 뿔이지만, 그것이 사슴을 사슴 되게 하는 것

빗소리 끝에 망치질 소리

쇳덩이에겐 빗소리가 비감悲感이다
쇳덩이를 잠시 빗속에 버려두었다면
붉은 빗방울 소리가 묻는 것은 당연한 일이다
녹물은 겉 표현의 감정 같지만
쇳덩이의 물러 터진 감성이다

대장장이는 달군 쇠 한 덩이를
모루 위에 올려놓고 두드렸다
쇳덩이는 어느새 자신을 두드린 망치를 닮는다
망치를 만드는 일은 망치 속에
땅! 땅! 소리를 가득 집어넣는 일이다
소리들에겐 손잡이가 있다
양철 지붕을 때리는 빗방울의 채
분절음 같지만 모두 붙어있는 한 벌이다

망치는 두드리는 소리를 만들어내고
그 소리를 꺼내 쓰면서 못을 박는다

못에 걸린 벽시계는
하루를 쪼개 시, 분을 만드는 걸까

시, 분을 이어 붙여 하루를 만드는 걸까
벼르고 벼리는 일이 날카로운 소리를 만드는 일이라면
나는 소리일까 쇳덩이일까
철통 같은 관 하나 품고
새어 나간 소리들을 불러들일 수 있다면
한세상 넉넉하게 땅땅거릴 수 있을 텐데
빗소리 끝에 매달린
망치질 소리가 하염없다

불을 쥐고

한밤, 손전등을 쥐고 어둠을 뒤진다
문득 그 옛날 처음으로
불을 들고 옮겼을 사람들을 생각한다
지금 내 손엔 어둠을 뚫고 있는
환한 길 하나를 달리는 성화가 들려 있다는 생각
아무리 어두운 칠흑에도 선뜻
발을 들여 놓을 수 있는
용기가 들려 있다는 생각
뜨겁지도 않은 불을 쥐고
어둠의 곳곳을 살핀다
나는 지금 인간의 두려움을
아무렇지도 않게 살피는 것이다
늑대도 전갈도 아득한 절벽도 이 순간만큼은
어둠을 피해 숨어버렸으므로
어떤 전능을 앞세우고 있는 것이다
순간을 밝히면서 나가는 것이라면
지금껏 어둠을 뚫고 온 길이었다면
이 비좁은 불을 쥐고
온밤을 돌아다닐 수 있다는 생각
손전등을 손에 쥐고

의기양양 어둠의 전능이 되었다가
결국 어둠의 전등이 될지라도
돌아보면 내 뒤는
또다시 캄캄하므로 다시 어둠 속으로
그 얇은 밤으로 가고 있는 것이다

몰두

첫서리가 내린 화단
뒤늦은 꽃들이 묵도默禱에 들어갔다
저의 목을 꺾고
머리를 버리려고 몰두 중이다

생각을 온통 머릿속에 넣고 몰두하다 보면
발걸음은 허방을 딛기 일쑤지만
저의 목을 꺾고 머리를 버리는 일이
고심 끝에 내린 묘수라면
식물의 결정은 내년을 바라보는 일로
추운 잠의 지혜를 견디는 것이다

겨울을 몰두하다 보면
어느새 봄,
새싹 하나가 파릇하게 돋는 것이다
몰두란 묶은 고민의 목을
뚝, 꺾고
엉킨 머리를 버리는 것이다

다시 봄은 몰두의 계절

가느다란 가지에 꽃 피운다는 것은
몰두 위에 몰두를 얹히는 일이다
흔들리는 무게를 감당하는 것과
그 무게를 버리려는
꽃의 환승법을 실천 중인 것이다

땅속이 든든하다

상강 무렵,
땅속이 든든하다

성긴 이파리들 햇살 돌려보내는 때, 지상은 슬슬 헐거워지고 땅속은 단단하게 여문다 고구마 줄기를 걷고 속 시원히 캐내도 된다고 두둑이 당당하다

햇살 응집,

구근식물들은 모두 무거운 햇살이 한데 모여 응집된 식물들이다 여름 동안 잔뿌리 맡겨 놓았다 늦가을 만기의 금리를 타듯 주렁주렁 겨울 근처를 캐낸다 먼저 다녀간 두더지에게 두어 자루 내준 가을, 구근식물들은 겨울을 먹여 살린 식량들이다

땅속이란 햇살 실한 창고다
속이 노랗게 꽉 들어찬 구근은
햇살 식물과다

고구마를 캐다 보면 수줍은 품종도 있다 깊은 곳의 흙일

수록 더 부드럽고 달다고 한다 속 깊은 맛, 햇살이 밀고 흙
이 당겨 빚은 구근들로 쩍쩍 갈라지겠지만 그 속이 든든하다

　우리들의 배 속은 모두 땅속을 닮았다

돼지감자

돼지 등에 꿀꿀 꽃이 핀다
땅속에는 피가 달았던 남자 하나가
삐뚤삐뚤하게 여물어간다

살아서 특효의 효능이었다면 죽어서도 특효를 갖는 한 사
람이 있다 죽은 영혼이 묻히지 않은 땅이 있을까 노란 꽃이 품
은 땅속을 열면 꿀꿀 돼지들이 자라고 있는 것을 볼 수 있다

꽃들은 달고
뿌리들은 쓰다

파르스름하게 잎이 돋을 때 쓰다듬으면 손에서 돼지 냄새
가 난다 돼지우리가 있던 자리에 모여있는 꽃다지들은 돼지
우리들이다

삶을 쓴맛으로 살았어도 왜 몸에선 단맛이 넘치는 것일까

돼지가 먹던 돼지감자를 찾는 사람들은 피가 달다 한여름
수박 한 쪽 같은 피가 단 사람들은 뚱딴지처럼 속과 겉이 다
르다 노란 양말 속에는 돼지의 뭉툭한 발가락이 숨어있기도

하고 손가락 끝엔 바늘 자국이 있다

　들판에 돼지감자꽃 노랗게 피면
　사탕 한 알 입에 문 것처럼 햇살이 달다

제2부

단추

입에 넣고 굴리던 단추를 삼킨 적 있었네 단추는 몸속을 돌아다니며 한 살 또 한 살을 지날 때마다 지난 나이를 잠가 버렸네 가끔은 돌아가고 싶은 나이가 있지만 단추를 못 푸는 것이 아니고 그 단추를 찾지 못하는 것이라는 걸 알게 됐네

단추는 점점 작아지고 틈이 벌어지고 울컥, 만질 수도 갈 수도 없는 방향이 그 틈으로 새어 나왔네 완고한 말들에겐 틈을 내주지 않네 사람들은 나를 내성적이라 했고 속을 알 수 없는 사람이라고 했네

단추가 많이 달린 옷이든 리본을 매는 옷이든 어깨만 있는 한 벌이든 우리는 꼭꼭 몸을 여미지만 몸 안에 있는 마음 한 벌은 늘 춥다네 요즘 들어 부쩍 찾는 것이 많은 노모는 데굴 데굴 떨어져 나간 정신 줄을 찾고 있네

내 속에 있는 단추도 이미 오래전에 내 속을 빠져나간 것이라는 의심이 들기 시작했네 아무리 어린 말이 들어와도 활짝 열리고 마는 내 모습을 보면 단추는 아예 없었던 것일지도 모르네 오랜만에 하늘문이 열리고 장맛비가 쏟아지네 아직 매미 울음도 널어놓지 않은 초여름 밤 계절 헤매는 귀뚜라미 한 마리 단추를 물고 후후후 어둠을 흔들고 있네

덕장 탈출기

물의 추위를 견딘 생물이,
산의 추위를 견디는 것쯤은 일도 아니다
그나마 온기를 관리하던 내장들
다 털어낸 다음이니
웅크리며 견디는 추위쯤이야 별것도 아니다
바짝바짝 웅크리며 말라가는 도중에
녹았다 얼었다 반복하는 것은
두고 온 물을 잊지 못해서다

물에서 휘젓던 지느러미와 꼬리는 이제 바람을 타고
물에서 얻은 비린내를 바람에 씻어내는 중이다

가벼워졌으니 바다를 유영하던 꼬리를 하늘을 향해 지쳐
야 한다고 빳빳한 지느러미를 좌우로 흔들지만 꿰여 있는 바
람은 제자리를 맴돌 뿐이다 이건 아닌데 싶어 동태눈을 떠보
니 아, 풍문으로만 듣던 덕장 그래도 다행인 것은 소갈머리
는 없어도 아직 뼈는 동강나지 않았다는 것

그렇게 한고비 넘기고 드는 생각, 속이 없으니 먹지 않아
도 되고, 물이 없으니 헤엄치지 않아도 되고 시원한 바람이나

맞다가 어느 비린 골목에서 칼칼하고 시원한 국물, 구수한 입
맛으로 변해 가야겠다는 다짐을 하는 것이다

　한 태생이 끝났다고 여길 때
　저 황태처럼 몸을 바짝 웅크려보면
　더 귀한 물목物目이 될 수 있다고
　후드득 맑고 땀 나는 바람 소리가
　한겨울 덕장을 훑고 지나간다

껍데기를 씹다

돼지 껍데기를 굽다 보면 꼭
안쪽으로 오그라든다
껍데기들은 채워 넣어야만 했던 안쪽을 기억한다
살아있을 때의 습관으로
지글지글 살아있는 껍데기
익어가면서도 버리지 못하는 폭식의 습성
제 속을 늘리려 더 급격한 곡선을 만들던
팽팽해지려고 부푼 비만을 쫓던
돼지들의 탐식이 남아있다

털이 다 뽑힌 껍데기에서
지글지글 연기가 뽑혀서 나온다
옥죄일 내장을 찾아 더 질기게 오그라든다
돼지들은 연기를 품고 있다
살아있는 돼지들에겐 짧게 자라난 연기가
모락모락 난다

질긴 맛이란 뒹굴고 늘어지고 코를 박던 맛
오래 씹는다 가장 바깥쪽의 맛
쫄깃하고 고소한 돼지 껍데기에선

뒷발을 버티고 젖꼭지를 필사적으로 빨던
돼지 새끼들의 입안으로 흘러드는 젖의 맛

속이 비어 돌돌 말리는 껍데기들
더 이상 젖꼭지를 질겅질겅 깨무는 늦둥이도 없는
껍데기들 둥글게 모여 앉아
껍데기를 씹는다

한 되들이 술 주전자

몇십 년을 퍼마시면 저렇게 입이 헐까 손잡이는 겨우 찌그러진 몸통에 걸려있다 필시 술자리에서 여러 번 소매 잡혀 끌려간 흔적이다 잔으로 먹고 말로 푸는 허세 아닌 허세가 누렇게 변해 있다

술 주전자가 끓어 넘친 적은 없지만 술은 수시로 끓어 넘친다 그 끓어 넘치는 술 주전자 속은 다 우그러져 있다 밖에서 들어간 흠은 안쪽에 두드러지지만 안에서 우그러진 부분은 밖으로 나온 흔적이 없다 술을 부을 때마다 화끈거렸을 속,

나는 한 되짜리 막걸리 주전자를 들었던 시간으로 컸고 아버지 그 주전자 기다리는 시간으로 늙었다 아버지 술심부름 시켜놓고 수십 번 돌부리에 걸려 넘어지는 듯 문밖을 들락날락했다 막걸리 한 되로 찰랑거리는 주전자 그 주량으로 세상 다 흘렸다

부글거리는 술,
주전자 안에서는 한 번도 발효된 적 없다
깊은 잠잔 적도 없다
그 주전자 오래되다 보면

술 없이도 안에서 부글거리며 발효되는 것들이 있다
집 안 어디를 둘러보아도
아버지처럼 노란 주전자는 없다

타인들

술은 병 속에 담겨 있지만 사람의 속으로 들어가면
그것은 또 한 명의 다른 사람이 된다

숨어있던 성격의 사람으로
한 무리 취객들이 왁자지껄하다
오늘은 각자 서로 모르던
술 속의 사람들끼리 어울려 흥겹다
말이 없던 사람을 밀치고
말이 많은 사람이 등장한다

그깟, 맨정신이던 인간이 등진 감정들은 오늘 다 잊자고
술엔 취함의 법칙이 있으니까
오늘은 그 흥겨운 법칙을 따르자고
아예 맨정신이던 사람의 저녁쯤은 까마득히 잊게 하자고
부추기는 술잔들
아마도 지구에서 음주 인구를 계산한다면
적어도 몇 배수의 인구 증가율이 나올 것이다

몇 병의 술 속에는
몇 명의 술 취한 사람이 더 있으니까

다중의 일일이 서로 겹치면서 왁자지껄한 술자리들,
술에 술을 타면 뒤집힌 맛이 나고
인간이 술에 발효되면 내면의 맛이 난다

술이 익을 때처럼 부글부글 마음이 괴면
내 속의 타인을 불러내고 싶다
내 아버지도 삶의 절반을 타인으로 살았다
내 어머니도 절반을 타인과 함께 타인처럼 살았지만
아버지의 타인에게 받은 용돈처럼
가끔은 나를 용서하는 타인들이 내게도 있다

의태 계절

의태 무늬들은 유실이 많은 쪽으로 색깔이 닮는다
빨리 도망가는 색깔
시행착오 끝 마지막으로 택한 문엔 파리가 달라붙는 통증
이 있다
보호색이란 보호받지 못한 쪽이다

교란하여 체색까지,
몇 개의 모양이 한 몸에 산다
위胃는 몸 밖에 있어 숲 한 채를 순식간에 먹어치운다
분주한 머리는 꼬리 쪽에 버리고 싶은 생을 둔다
제 스스로 제 몸의 생사를 옮길 수 있다는 것
그 자리에서 산등성이의 자락이 된다는 것
천적의 눈에 들어갔다 나온 적이 많다
아니, 천적의 눈으로 오래 살았다
날씨는 개의치 않지만 몇 개의 은폐로 단추를 만든다
수시로 기하학적 허방을 만든다는 것
의태의 계절엔 잃어버리는 것이 많다

무늬로 만드는 허구의 독毒, 적을 피해 허기를 채우는 것이
내 생이 없다고 생각한 생을 산다

잎을 떨어뜨리고 죽은 척하는 겨울나무

동작을 멈춘 듯 겉장을 얼린 겨울 강

변온變溫의 표정으로 한겨울 주변이 된다

낯빛 하나 변하지 않고 내심內心을 갈아엎는 무리도 있다

의태의 계절에서는 그 무리를 이방인이라 한다

두꺼비 필법

웅덩이 하나가 여물어 씨앗들이 바글바글하다
바람의 힘을 빌리지 않는 네 발의 점자들
봄비를 앞세워 몸 하나 달랑 들고
어느 문자든 네 발의 온점들이 찍혀 있는 것 같지만
물갈퀴나 기어오르는 기호가 묻어있다

방죽에서 산 중턱까지 반생이 걸린다
꼬리까지 떼고 손톱만 한 몸은
종일 걸어야 수직의 한 뼘
새끼 두꺼비 어기적어기적 서식지 찾아간다
수월치 않은 집결은 편도의 임시 거처
수십만 마리의 독毒의 내력은 한쪽에 있다
봄의 들판에 찍어놓은 오톨도톨한 점자들 오자투성이다
농수로에 빠져 지워지고
차바퀴에 쓱쓱 지워지고
온갖 도형들로 뭉쳐진 몸은 납작한 표면이 된다

점자들이 흩어지고 있는 중이다
작은 발자국 꾹꾹 찍어 꼬박 나흘이 걸리는 첫나들이
산 중턱 구석진 곳으로 식자 중인 독의 등판들

거기서 삼사 년을 머물면서

불룩한 두꺼비라는 글자가 된다

물에서 살고 물 밖에서 죽는 두꺼비들

알에서 깨어난 작은 것들은 제 숫자를 버려 큰 몸집을 얻

는다

몸 안에 함축된 알

다시 산문으로 풀어쓰는 어기적거리는 필법

나는 그 문장을 밤을 뒤척이며 듣는다

낙과

낙과를 파는 코너에 길게 줄 서 있는 사람들
낙과를 사기 위한 줄이라니
마치 과일나무 밑을 두리번거리듯
수풀을 헤치듯 서 있는 사람들
옛말에 낙식은 공식이라 했는데
어떤 마음이 저리 길어 파치 앞에 기다리고 있나
모두들 한 번쯤 낙과였던 기억이 있다는 듯
체온이 묻은 낙과를 손으로 받아보았다는 듯
줄을 서 있는 태풍의 끝,
쓱쓱 닦을 준비가 되어있다는 듯
한 사람이 한 봉지씩 들고 얼굴이 환하다
낙과는 색이 변한 부위가 가장 물렁하다
물렁한 부분은 빠른 속도로 변한다
모두 자신의 물렁한 부분을 알고 있다는 듯
한 번 더 물렁한 부분을 만져보겠다는 듯
즐거운 배급,
한 사람이 열 개라면 열 사람이면 백 개
위로받는 사람보다 위로하는 사람이 그 배수倍數다
붉어지다 만 낙과들이
그 어느 것보다 오늘은 상품上品이다

한낮의 위로의 줄이 길다
태풍의 긴 머리채가 휘감았던 나무 밑
굴러떨어져 멍이 든 것들
아삭아삭 풋것 베어 무는 소리를 생각하면
그 맛,
위로의 맛이라는 것도 짐작하겠다

가장 무거운 책

유언의 목록에는 몇 명의 자식이 서명처럼 붙어있다
죽은 후의 말, 유언
작성된 말이 귀를 찾아가 끝말을 남기는 죽은 자의 말이
효력을 얻는 시간
말이 텅 비고 문서가 무거워지면
그때서야 죽음이 몸을 열고 들어간다
말은 원래 부드러운 것이지만
마지막 증인은 헐떡거리는 의사 표현이다
몇 줄의 의사에 마지막 숨이 도장처럼 찍힌다
죽음보다 더 분명한 증거가 어디 있을까
사람은 없고 죽은 자의 말이 관계를 떠돈다

유서를 한 권의 책으로 만드는 출판사가 있다면 세상에서
가장 비싸고 무거운 책이 될 것이다

한 집안에는 슬픈 목록이 있다
각자 내용이 다르고 날짜도 다르다
현고학생 제목 아래 몇 줄의 제물이 차려지면
독후감 같은 기억을 주고받거나 술잔을 비우는 음복의 형식

울음에는 각기 출처가 다르다
유통기한이 짧을수록 눈물은 더 짜고
다급함에 함께 묻혀 버린 유언
풀 수 없는 수수께끼는 곡성이 깊다
제사가 끝나고 죽은 자가 머물던 지방 한 장을 태운다
가벼운 이름이 들어있다는 듯 훅 날아가 버리지만
유언에는 문자들을 다는 저울이 들어있다

광물의 겉장

투명한 광물의 겉장,
유리의 겉장에는 미끄러운 흡반이 있다
닦아도 지워지지 않는 공중의 삽화
햇볕이 지나가는 창문마다 구름의 행보가 삽입되고
흩날리는 빗방울은 빗금을 그려 넣기도 한다

책 표지를 베어 문 석양,
벌겋게 익어 떨어지는 극치를 보여 주며 세상을 공회하며
난해는 뒤로하고 그 문양들만을 슬라이드 기법으로 표현
한다

열린 창문으로 바람의 낱장이 펄럭인다
커튼처럼 속지가 들춰지면 보험약관들이 졸고 있는 모습과
승강기를 타고 오르내리는 책의 줄거리들
대서代書를 쓰러 들어가는 사람들의 표정엔 무거운 소송
이 있다
흰 가운을 고용한 기계음들은 이가 시리다

불을 켜는 책, 불을 끄는 책

광선이 지나가고 검은 잉크가 번진다
세상에는 매일 달라지는 이야기도 있지만
고정되고 싶은 이야기들은 다 책 속으로 들어갔다
갇힌 소리로 오래 읽힌다

잡다한 이야기들로 두꺼워진 페이지
만약 저 책들이 깨어지면 한꺼번에 와르르 무너질 것이다
자음과 모음으로 식자되는 사람들로
건물들은 울창한 숲이 된다

천막

푸른 천막을 펼쳐놓은 듯한 크기의 저수지가 있었다
가물치들은 물의 끈을 잡아당겨 천막이 날아가지 않게 고
정하고 있었다
농사철이면 그 끈을 풀어 지느러미 쪽으로 졸졸 흘려보
냈다
꼬리들이 모여 푸르게 일어섰다
가뭄이 들어 천막이 날아갈 뻔했을 때도
낮은 물길을 물고 있는 가물치들의 이빨이 있었다
등짝이 보일 듯 부글거리며
날카로운 이빨로 천막을 끝까지 물고 있어
천막은 다시 차올랐다

가끔 가물치를 잡아 가는 사람들도 있었다 그때마다 마을
의 노인들은 천막을 감추고 싶어 했다 다 잡으면 천막이 날아
간다는 이유였지만 천막 기스락에는 수십 마리의 가물치들이
여전히 살고 있었다

가뭄으로 펄펄 끓는 천막

인근 물의 소문이 늘 흥건히 고여있던 천막 아래로

국숫발 같은 빗줄기가 쏟아지면
저수지 수면엔 무수한 바늘꽃이 피곤했다

탁해지기는 했지만 여전히 살아있는 천막
겨울에 흰 눈을 걷어내 보면 투명하게 바뀐 저수지의 지
붕이 보였다
사방의 논에 묶여 있는 저 천막의 기둥들
작은 천막 표면에 빽빽하게 갈겨놓은 저 흘림체는
어족들이 다녀간 방명록이다

지느러미 쪽으로 겨울이 녹으면 가물치들의 몸도 녹기 시
작한다
그때 천막은 겨울용에서 출렁임으로 바뀐다

가르마

더 이상 누군가 내 머리를 쓰다듬지 않을 때 가르마가 생긴다

무거운 생각들이 머리 쪽으로 모여들 때, 그땐 내 손 외에 그 어떤 손도 내 머리를 쉽사리 만지지 못한다

이정표처럼 방향을 잡아주는 가르마가 있다
세상의 바람은 머리카락을 헝클어뜨릴 뿐 가르마의 방향을 함부로 바꾸지 못한다

생이 무거워질 때마다 머리카락이 제일 가볍다 여기지만 가장 헝클어지기 쉬운 곳이 다 몰려 있기도 하다

처음 만난 바람의 방향으로 쓸어 넘겼던가 머리끝까지 차오른 어지럼증을 이 대 팔로 정리했던가
거울 앞에서 출근 준비 바쁠 때 마지막 가다듬는 의복처럼 매만지고 나서는 휑한 가르마

머리카락이 쭈뼛 설 일도 없는 나이
이 대 팔로 나눌 지분을 생각하는 일들을 베갯잇에서 뜯

어내곤 한다

　바람이 좋아 차창 밖으로 손을 내밀며 손가락 사이로 빠져
나가는 바람의 두께를 묘사했던 옛일

　오늘도 바람이 불까
　매일 아침 바람의 풍속을 묻는 가르마가 있다

김 씨의 농한기

올해 나이 일흔셋
김 씨의 농한기가 시작되었다

논에 풀별이 둥둥 뜨고 고추 대궁들 속, 요소비료들이 불
끈불끈 힘쓰는 철이지만 뒤집어진 경운기처럼 녹슬어 가는
김 씨의 농한기, 농사꾼이 아픈 건 그 몸속에 놀고 있는 쟁
기들이 많아서다 호미와 낫, 삽과 약통이 삐걱삐걱 돌아다니
기 때문이다 잡초들과 온갖 전염병들이 울화통을 타고 돌아
다니기 때문이다

호미를 이슬에 씻고 파란 하늘을 스윽, 낫 속에 들이고 이
밭 저 논으로 돌아치고 싶은데 배 속을 갈아엎은 쟁기 자국이
아물 때까지 퀭한 눈으로 고추밭에 약 치듯 약봉지만 탈탈 털
어 넣고 입을 헹군다

그럭저럭하면 어김없이 찾아오는 김 씨의 여름 한철 농한
기, 허리에 철심을 박아도 압박 붕대를 감아도 복부에 쟁기
자국이 남아있어도 벼들은 자꾸 숙여지고 고추들은 바짝바
짝 빨갛게 마른다

공친 농번기는 앗아놓은 품앗이로 다행히 쭉정이만은 아니어서 느릿느릿한 차도를 보이고 소매를 걷어붙인 김 씨의 몸이 경운기를 몰고 추수철을 향해 탈탈탈 퇴원 중이다

깃털 하나

모자가 걸어갑니다
쇠백로 장식 깃털처럼 깃털 하나 꽂혀 있습니다
돋아나는 중인지 빠지고 있는 중인지는
알 수 없지만 뒤늦은 의도입니다
휘적휘적 날아가는 옛날은
다 빠지고 겨우 남은 깃털 하나인지도 모릅니다
노인은 알까요 아직 빠지지 않은
꽁지깃 하나 남아있다는 것을요
모자는 하루 종일 민둥산 위를 선회합니다
무료한 지상을 더듬거리며
내려앉을 말석 하나 탐색하다가
회합하는 평사낙안平沙落雁의
추켜세우는 엄지는 자청하는 장식입니다
이 골목을 가르며 활공했던 날개와 깃털은
다 어디로 날아갔을까요
너무 가벼워져서 무거운,
이 셈을 어떻게 풀어야 할까요
희고 성근 깃털보다 빠진 곳이
더 무겁다는 것을 알아차린 노인의
모자는 바람 앞에서 위태롭지만

깃털은 그때마다 우쭐한 방향타가 됩니다

회오리를 과음한 회합이었습니다
비틀비틀 모자는 빈 둥지를 향해 날아갑니다
깃털 하나의 힘입니다

소금 우물

밀려 내려온 경사를 넓혀 해안을 만든다
아직도 이곳 사람들은 지하 깊은 곳에서 파도가 밀려왔
다가
밀려간다고 믿고 있다
그 조수간만의 차이가 흰 눈을 내리게 하고
복숭아꽃을 피게 한다고 믿고 있다
자다촌의 홍염은 품격이 높다
솟아오른 염기와 야크의 잔등을 타는 지위는 설산과 견
준다
세차게 흐르는 물소리를 듣게 하고
설산을 넘으면서 흔들리는 염기
그 염기가 가축의 병을 낫게 한다
산을 넘는 소금, 소금을 찾아가는 가축들의 병

야크의 잔등에 넘어오는 산
그 고갯길로 계절은 가고 다시 계절은 넘어온다
언젠가 흐르는 강의 방향과 맞바꾼 소금 우물 전설로
협곡은 제 곁에 사람들을 두려고
저 소금 우물을 팠다는 추측의 전설이 붙어있는 우물

복사꽃과 함께 피는 도화염은 사람이 먹고

거꾸로 솟은 소금 고드름은 예물로 쓰이고 황토밭이 밴 붉
은 홍염은 가축이 먹는다

기둥 밭*에서 말라가는 햇빛

다랑이 바다의 조수간만은 짜게 말라간다

물지게를 견디는 여인들의 어깨는 몇 마디 다정한 티베트
어가 주물러준다

신도 늙었는지 발전소가 들어선다는 소문도 들리고

상표가 붙은 바다가 몇 포대씩 흘러들지만

산을 넘어온 소식의 맛 그을린 얼굴의 맛

그 간간한 조우가 맛을 내는 맛

세계에서 가장 원시적인 소금, 어느 난창강 여인의 말투
가 배어있는 그 맛

산의 그늘이 남긴 햇볕과 바람으로 굳어가는 자다소금

* 기둥 밭: 거꾸로 솟은 소금 고드름이 많이 열린 곳.

느닷없는 주소들

느닷없는 주소에서
느닷없는 물건을 배달받을 때
내가 한 번도 적어본 적 없는 그 주소엔
비릿한 건조들이 들어있었다

늘 다니던 산책길 옆으로
느닷없는 죽음 묻혔다
어느 날 느닷없이 길에서
길 밖으로 밀려났을 것이다

살아있어도 죽었어도
주소는 있다
방위를 챙기고
남향만 고집한 주소들마다
파릇한 초록이 비좁다

문득, 나보다 내 주소들이
더 많은 관계들로 북적인다는 생각이 든다

내 휴대폰을 두드리는 사람들

돈을 빌려주겠다
좋은 땅 싼 값에 주겠다
인질로 잡혀 있다는
가짜 아들의 울음소리까지

이젠 느닷없는 일들이
느닷없지 않다
낯선 얼굴이나 번호는 뚝 끊어버리는
습관 하나 더 생겼을 뿐

달리는 이불

이삿짐 트럭에 실려 가는 이불
검은 밧줄이 필사적인 빨랫줄이다
반듯하게 개켜진 이불의 한쪽이 들썩거리는
달리는 이불은 지금 어떤 잠자리인가
어느 방에서
또 어느 방으로 뒤척이고 있는 것일까

집 밖으로 나온 이불을 보며
왜 으스스하게 몸살 앓았던 기억들이 떠오르는 것일까
민망한 내면의 몸살을 덮어주던 이불
잠의 냄새가 아닌
을씨년스러운 백주의 냄새
이부자리를 끌어당기는 바람의 발목이 앙상하다

지금 달리는 저 이불 속엔
뒤척거리는 바람이 잠자고 있다
세간을 실은 적재함이 추운 방 한 칸이다

지금껏 자신을 덮고 있는 것들이
다름 아닌 저런 요동치는 바람이었다는 것일까

이사를 오래 다닌 살림살이에는

그곳만큼 차곡차곡 쌓은 방도 없을 것이다

달리는 이불을 뒤따라가 보면

저녁 무렵의 서쪽 하늘

노을을 끌어 덮고 있는 것을 본다

노을을 뒤따라 어둠 한 채가 깔리고

그 고요 속에는

뒤척거리는 뼈가 자라고 있다

달의 그네

달빛이 레일을 놓은 시간이 있어
한밤을 달려 달을 벗어났다

아버지는 그네를 매어주면서 너무 오래 타지 마라, 영영
공중으로 사라질 수도 있다고 했다 차창 밖으로 눈을 걸어놓
고 달 그네를 타고 있었다

출발지는 겨울이었지만 기차 안은 한여름이었다 덜컹거리
면서 달의 국도를 달리는 버스가 있었고 버스가 끝나면 배가
있었다 배는 지구의 기울기 방향으로 달렸다 커튼 한 자락으
로 밤낮이 나뉘고 높게 매달린 선풍기가 푸른 벽을 흔들었다
소음 속에서 방은 오히려 고요했다 햇살이 커튼을 말아 올렸
다 모국어들이 부스스 쏟아졌다

여전히 그네를 타고 있는 것일까 나무는 늙고 줄은 쇠약해
지고 여행은 어지러웠다 달을 스치고 가는 나무는 그림자처
럼 검고 레일은 출렁거렸다 달의 노선엔 커튼이 쳐져 있었다
한참을 따라가면 소똥 냄새가 나고 또 한참을 가면 건초 태우
는 냄새가 났다 그네와 해먹과 요람을 울퉁불퉁 건너뛰면서
밤 기차는 하룻밤에 일생을 다 지나쳐왔다

그네는 앞으로 나간 만큼 뒤로 돌아온단다, 그때 그네에서
내릴 곳을 놓치지 마라 아버지의 당부처럼 여행은 집에 돌아
오는 것으로 끝이 난다

집에 돌아와 보니 나는 없고
빈 그네만 흔들리고 있었다

말(馬)

수선집 사내의 어깨에 말의 문신이 매어져 있다
길길이 날뛰던 방향 쪽으로 고삐를 묶어둔 듯
말 한 마리 매여 있다
팔뚝에 힘을 줄 때마다
아직도 말의 뒷발이 온몸을 뛰어다닌다
고삐를 풀고 나갈 곳을 찾고 있다는 듯 연신 땀을 흘린다
저 날리는 갈기를, 콧김을, 이빨 드러내는
투레질을 굵은 팔뚝에 가둬두고 있다는 것을
저 사내 알기나 할까
어쩌면 질풍노도의 시절에 스스로 마구간을 짓고
지독한 결심으로 고삐를 매어두었을지도 모른다

말은 복종하는 발굽과 항거하는 발굽이 다르다
앞발을 굽힐 때 뒷발은 더 빡세게 버티는 법이다

어느 뒷골목의 시간들을 붙잡아
사내의 안쪽을 향하게 단단히 묶었으나
꿈틀거리는 역마살이란 언제까지 갇혀있을 발굽이 아니다
비좁은 마방에서 수년째 구두를 깁는 일이
자못 수상하기까지 하다

닳고 닳은 뒤축을 깁는 일과

말의 박차를 박는 일에 우연偶然이 있다면 그것은 다 길의
파본이다

발굽을 갈아 끼울 때마다 사내는

박차고 나가려는 팔뚝의 불뚝한 말을 오래 쓰다듬듯 주
무른다

이제야 말 한 마리를 다룰 줄 안다는 듯

말과 주인이 따로 없다는 듯이

망치의 생각

망치로 두드려서 지은 집을
다시 망치로 허문다
망치는 진화가 느린 도구
삼십 년도 더 된 집, 그 집을 지을 때의
망치가 다시 그 집을 깨부순다
망치의 완벽한 쓰임 앞에
집들은 건축되고 다시 부서진다
생산과 파쇄를 동시에 갖고 있는
망치 속에는 붉고 푸른 별들이 가득하다
어떤 형태들도 망치 앞에서는
땅땅 소리를 감추려 하거나 청하려 한다
허물다 만 집 마당에 놓인
망치에서 별들이 차갑게 식어있다
덧대어진 것들이란 모두
망치의 신세를 진 존재들
꽃잎이거나 풀잎 같은 연한 것들은
망치를 무서워하지 않지만
수안의 머리를 가졌거나
뾰족한 속내를 갖고 있는 것들은
천적처럼 망치를 두려워한다

망치는 우측의 한 성단星團이다

못을 삐끗 비껴갈 때 더 많은 별들이 태어나는

망치에 대해 천문학자들은

모르는 것 같아 다행이다

머릿속의 별들을 다 쏟아

연천교連天橋를 놓으려는지

각을 맞춰 땅땅 두드리는 망치 소리

하늘도 두드려야 별이 뜨는 밤

허물어진 옛집의 처지를

망치에게 묻고 싶다

바람 부는 날, 빨랫줄과의 대담

그럼 녹음을 시작할까요?

뚝뚝 떨어지던 물방울들을 뜯어 먹힌 빨래들은 가벼워지나요? 가벼워진 옷을 물고 있는 집게들의 식성에 대해 아나요? 상의와 하의를 따로따로 입고 있는 바람은 또 어떤 취향인가요?

녹음기를 재생하면 물기 없는 잡음만 들리겠지만 빨래들에 가득 담아 올랐던 오전의 햇살은 언제 다 식었을까요?

빨래는 살아있다는 징표입니까?

주인 없는 옷은 펄럭이지 않습니까?

가벼운 옷가지와 누군가의 몸짓을 입고 있는

휘청거리는 나는 옷입니까?

일렬로 널려 있는, 빨래들이 우리 집에서 가장 깨끗하고 가장 질서정연한 곳일까요? 옷을 어지럽히는 곳은 어떤 곳입니까?

빨래로 가족 관계를 읽을 수 있나요? 까르르 웃음소리도 걸리나요? 저쪽은 빨랫줄이 텅 비어있군요? 묵직한 얼음을

머금고 장작개비처럼 딱딱했던 옷가지들은 어디로 갔을까
요?

벌써 봄을 널었나요?
계절이 가장 먼저 오는 곳인가요?
계절이 겹칠 때도 있나요?
그럴 땐 어떻게 하나요?
보드라운 것부터 껴입습니까?
그 느낌 말해 줄 수 있나요?

보름달 경기

탁구공 하나가 슬로우로 네트를 넘는다

오늘은 지평선과 산등성이가 탁구대를 마주한다 서브는 늘 지평선 몫이다 공이 산등성이 쪽으로 날아간다

세상엔 이렇게 느린 경기가 있을까 그 사이 산등성이는 뭘 할까 새들을 잠재우고 굴러가는 달을 하염없이 바라보았을 것이다

아마도 우주에서 가장 오래된 경기일 것이다 한 달 중 보름쯤에 주고받는 경기 흐린 날은 보름달이 네트에 걸린 날이다 걸린 공을 주워 들면 습한 구름 냄새가 난다 둥근달을 커트로 깎아 쳐서 달은 점점 작아진다

경기가 시작된 날을 모르니 스코어도 모른다 하얀 네트를 넘나드는 둥근 구기 종목은 밀물과 썰물, 그러니까 넘치거나 텅 빈 경기다 보름달을 주고받는 경기에는 날카로운 이빨의 전설을 만들어내기도 했다

네트를 넘어가는 달을 슬라이드로 보면 한쪽이 살짝 찌그

러진 것을 볼 수 있다 누군가 그쪽으로부터 강한 스매싱을 쳤
거나 되받아쳤을 것이다

　탁구공을 자세히 들여다보면 숲이 있고 썰물이 있고 정안
수가 있다 끝나는 날짜도 모르는 경기, 그러니까 끝나지 않
는 듀스deuce의 연속이다

　계속 관객들만 바뀌는 경기다

제3부

풍력도 등급이 있다

가장 높은 등급의 풍력은 바다의 겉장을 얇게 넘기는 바람이거나 코스모스 위를 지나가는 바람이거나 접힌 부채 속에 들어있는 주름진 바람이거나 구름을 이동시키는 바람이거나 만장을 펄럭거리게 하던 장지葬地의 손짓이다

후드득 빗방울 떨어지면 살짝 튄 물의 무늬에 날아오르던 바람 대양을 지나가던 범선의 돛이 버리는 짠 바람이거나 앞 가르마를 흩트려 놓던 바람 솔개 날개 밑에서 제자리걸음하던 바람 그중에서 가장 등급이 높은 바람은 찌를 흔드는 물고기를 닮은 바람 내 어머니 한숨이 빠져나오던 그 소리 없던 바람

어제는 이름 하나를 들었다 놓았다 하는 바람이 불었다

바람도 한 천 년 묵으면 고요한 바위가 된다 그러고도 또 몇 년 더 묵으면 그리운 먼 곳이 되기도 하고 불시의 소식이 되기도 한다

바람을 등급 지어 놓다가 구겨서 버린 바람들이 구석을 만든다는 것을 최근에야 알았다

보충 질문하는 꽃

가을에 목련이 피었다
손 번쩍 들고 질문 기다리는 저학년 학생처럼
저것은 필시 보충 질문이다
아니 밑줄이다
두리번거리며 어리둥절한 꽃
작년에 왔던 그 나무가 맞느냐고
못 보던 푸른색 이파리 속에서 주춤거린다

딩돌한 질문
어느 봄에서 남은 흰 온도가
불시 개화,
저건 나무의 열꽃이다
흰색의 뾰루지다

문 닫아걸고 잠자다 봄을 놓쳐
뜬금없이 핀 꽃이라고
할 말 많은 목련을 보며 혀를 차는 어머니
늘그막에 늦둥이 낳고 계면쩍은 웃음 같은
민망하고 어설픈 꽃이다

질문할 것 많은 입 꼭 다물고
어느 봄으로 다시 거슬러 가야 하나 고민이 깊다
그러나 저 고민이란
열흘을 못 넘기고 접고 말 것이다

어느 바다의 끝
배 한 척 없는 포구같이
푸른 목련 한가하게 출렁인다

복숭아나무

복숭아나무엔 왠지
두 발이 들어있을 것 같다
봄밤을 걸어서 마당가에 와 숨 고르고 있는
복숭아나무, 꽃 시절에 벌레를 들이고 있는 것 같다
묘목에서 첫 복숭아 딸 때까지
걷고 또 걸었을 것이다

언니들은 칭찬에 약하고
복숭아 꼭지는 까르르 떨어진다
첫 하이힐을 신고 복숭아뼈에
진분홍 꽃 번지던 언니들의 발목
복숭아들 또깍또깍 떨어지는 밤 아버지들은
진분홍 수염을 달고 언니들을 감시한다

수염이 늙어가고 달은
자정의 뒤태를 둥실거리고 복숭아들
제자리 뛰기를 하며 떨어지는 밤
복숭아나무는 집에 들이는 게 아니라는데
살며시 들이밀어 달빛에 어룽지고
언니들의 발칙한 생각들이 복숭아 서리를 하듯

봄밤과 가을밤이 겹쳐서 흘렀다

밤 복숭아를 먹어 예뻐진 언니들
뚝뚝 떨어지는 단물은 언니들 입담처럼
깔깔거리는 맛
자잘한 생각들이 탐스럽게 익어
걷고 또 걸었던 어느 봄밤에게로 전해지는
햇살 택배 한 박스 도착했다

부리망*을 아는지

이제는 허물어진 옛집 터에서 흙 속에 반쯤 묻힌 부리망을 보았다 가옥의 지나간 긴 울음소리가 반쯤 뜯어져 있었다 소의 입을 가리고 있던 부리망, 소의 입맛인 양 풀들이 듬성듬성 돋아나 있었다

그 옛날 이 집터에서는 그랬다 사람이건 짐승이건 먹고 싶은 것 제대로 먹지 못했다 먹을 것 앞에서 한눈파는 일 없었다 생각해 보면 부리망은 유독 엄마의 입에 씌워져 있었다 아버지의 헛기침에도 우리들은 알아서 부리망을 찾아 입에 걸었다

황소는 밭을 가는 동안 부리망을 쓰고 있었다 봄이었고 풀들은 얼마나 부드러웠을 것인가 솔솔 불어오는 풀 냄새에 콧구멍과 혓바닥이 얼마나 벌름거리고 날름거렸을까 머리통을 흔들어도 부리망은 벗겨지지 않고 이랴, 쯧쯔쯔 이랴, 다그치는 소리만 받아먹은 입가엔 버캐가 흘러내렸다

투명한 부리망이 온 가족의 입에 씌워져 있었지만 비단 우리 집의 일만은 아니었다 시집간 언니, 친정에 왔을 때도 씌

워져 있던 부리망의 흔적들 엄마는 언니의 입에서 귀에서 눈
에서 그것들을 잠시 벗겨 냈다

　지금은 먹기 싫어 먹지 않는 입, 먹기 싫은 입마다 또 다른
부리망이 씌워져 있는 것을 본다 벗지 않으려는 아이들과 벗
겨 내려는 어른들 사이에 부리망의 명칭은 격세지감이라는
말로 바뀌었다 그 시절 먹고 싶은 것이 많았던 이유도 알고
보면 다 부리망 씌워져 있었기 때문이라는 것

＊ 부리망: 가는 새끼로 그물같이 얽어서 소의 주둥이에 씌우는 물건.

식구를 품앗이하다

식구라는 말은
같이 밥 먹는 사이라는데
허름한 식당, 한 자리씩 차지하고 밥을 먹는 사람들
음식이 나오고 숟가락을 집어 들다 든 생각
이 숟가락은 또 얼마나 많은
입속으로 들락거렸던 용기用器인가
어쩌다 시비가 붙었던 사람과
생면부지의 사람과도 나눈 숟가락 하나의 관계
그 관계들을 식구라고 부른다면
허기도 포만도 다 이해할 수 있겠다는 것
음식 나오기 전 빈 숟가락을 입에 대면
차가운 듯, 밍밍한 듯한 맛
한 음식을 같은 맛으로 먹는 관계들

빠끔히 보이는 주방 한쪽
바구니에 수북이 쌓인 숟가락들,
세제 몇 방울로 깨끗이 닦이는 가족들은
생면부지의 관계들처럼
몇 대가 흐른 뒤에는
서로가 밍밍한 빈 숟가락의 맛처럼

말끔하게 남남이 되고 만다는 것

숟가락들은 식구를 품앗이하는 도구지만
또 어느 쓸쓸한 독거들의
밥맛없는 요즘의 밥상머리
한 상에 둘러앉아 밥 먹던 식구들은 옛사람이 되었고
밥맛 없고 입맛 없는 사람들은
일회용 식구를 찾아 나서거나
이웃과 품앗이하는 숟가락 맛에
더 친숙해 있다는 것

대리의 유목遊牧

야크는 어디에 있나

강남 한복판 불빛의 고지에서 천막을 친다
이 막막한 소음 속에서 전화를 기다리며 길을 찾고 있는
사람들
오늘 밤 노선은 또 얼마나 좁고 높을 것인지
몇십 갈래의 길들을 돌아서
아침의 현관으로 돌아갈 것인지
몇 번의 경적으로 길을 열고 취한 길들을 몰고
찌든 냄새를 풍기는 안장을 깨울 것인지

어둠의 고원을 뚫고 후미진 길이
휴대폰을 타고 도착한다
혀끝에 말린 구어체는 주소지가 불분명하다
오지의 경비실은 어디인가
비틀거린 골목,
졸음의 꼬리를 밟고 나와 취한 가장을 데려가는 이들도 있
지만
내용물이 터지고 횡설수설 악취가 날 때면
잘못 배달된 짐짝처럼

반품 소동이 한참을 서성거리기도 한다

헝클어진 영혼을 문밖에 떨궈놓고 돌아서서 또 다른 야크를 부르는 사람들

예정되지 않은 남의 길
편도도 없는 길을 어둠을 찢고 달린다
짜디짠 노동 덩어리와 물물교환을 하기 위해 인고의 잔등을 넘는다
운송장 같은 미터기에 찍힌 숫자는
소금과 맞바꿀 생필품
밤새 얽혀 뭉쳐진 길들이 새벽녘에서야 풀려나가고
구겨 넣었던 졸음과 노곤함이 말의 잔등에서 흔들린다
언제 왔는지 야크는 빈주먹을 핥고 있다

여물

여물이라는 말 아시는지요
그 어느 날뛰는 짐승들도
여물 먹을 때는 순해지는 것 아시는지요

술 취해 들어오신 시아버님, 어디서 붉은 여물 드시고 오셨는지 안방에 앉아 끊임없이 여물 먹은 소리하시네요 푹푹 여물 삶는 냄새 풍기시네요

자식들 불러 앉혀 놓고 같은 말 되풀이하는 주정 못마땅해 가끔 시어머님 불 쏘삭거리듯 잔소리 몇 마디 던져 넣으면 더욱더 허연 김 내뿜는 가마솥처럼 부글부글 여물 삶는 소리 내시죠 고삐 없는 말 같지만 시어머님 만나면 더 단단하고 질긴 고삐가 생기지요

평생 날뛰는 말의 여물을 책임진 시어머님, 더듬더듬 찌그러진 밥상 차리시네요

말처럼 날뛰는 사람일수록 곡주의 여물 들어가면 온순해진다지요 투레질 소리 푸푸 내지만
한 그릇에 서로 입을 넣고 휘젓곤 하는 여물의 시간이 불

콰합니다

　불로 끓인 여물, 속을 덥히는지 찬물 한 그릇 머리맡에 떠
다 놓고 초저녁잠에 빠진, 한때는 불끈거렸을 말 한 마리 온
순하게 잠들어 있습니다

　한겨울 여물 끓인 가마솥
　아궁이 딸린 방처럼 집 안이 후끈거립니다

일회용 장갑을 낀 일가

보험 설계사가 놓고 간 일회용 비닐장갑, 일가는 돌려 가면서 장갑을 꼈다

모두들 아버지의 손을 무서워했다 숨을 쉴 때마다 망자의 뼛가루가 뒤늦은 유언을 해댈 것 같았고 매일 죽은 사람의 손이 아이의 머리를 쓰다듬었다

저녁이면 일회용 장갑을 벗는 손

엄마는 일회용 장갑을 끼면 거침없이 칼자루를 휘둘렀다 대가리부터 토막을 내리치면 꼬리는 저절로 떨어져 나갔다 피 튀긴 앞치마를 벗고 밥상을 차리는 엄마의 손은 생선 토막 같았다

일가의 아들은 흐르는 전류를 잡는 직업이었다 매일 퇴근 후 손을 벗을 때마다 찌릿한 정전기가 비누 거품처럼 일었다 손의 귀천이 명백한 일가 두 마리의 뱀 사이에 손을 넣고 뱀은 번개 치듯 가끔 손으로 들어와 손가락으로 나가곤 했다

일회용 장갑은 질기지 않아서 바꿔 껴야 하는 번거로움이

있지만 일회용 장갑을 놓고 간 보험 설계사는 질겼다

　일회용 장갑을 끼는 일가 그중에서 아버지의 손은 마지막
손을 잡아주는 손 아무에게도 손 내밀려 하지 않았다

폐사지廢寺址

깜짝 놀랐습니다.

내 마음에 폐사지 하나 있다는 것을 알고 난 후부터 막연한 종교 하나 생겼습니다 불사의 연도를 보면 팔십 년에서 삼십 년 사이 천년의 고찰은 고사하고 백 년 고찰도 못 되는 폐사지 온갖 자질구레한 일에도 찾고 들볶고 빌었습니다 그때마다 묵묵히 받아주었습니다

어른이 되어서 내가 내 종교를 택했을 때도 마음 빈 곳 채우면 모두가 종교라고 당신은 나를 끊어야 너도 내가 된다고 말하는 듯했습니다

당신의 마지막 모습은 등신불等身佛인 듯, 무너지고 있는 탑인 듯 황량했습니다 해탈한 도승처럼 평안했고 버릴 것 다 버린 성자의 모습이었습니다

염원이 쌓이면
신전은 늙고 무너집니다

어디에도 없는 그 신전이 곧 어머니 당신이었다는 것을,

쓸쓸한 한 채의 절이었다는 것을 알았습니다 승탑은 아니지
만 마음 깊숙한 곳에 부도만 남은 폐사지 하나 남아있습니다

목덜미를 핥다

살덩이 하나가 쥐락펴락하는
현란한 관계들,
혀에 착착 감기는 말에도 가시가 있고
빳빳하게 내뱉는 말투에는
비바람이 뭉쳐있다

입을 다물면
살덩이 하나가 폭발의 지경에 이른다
으르렁거리는 이빨 뒤에 숨어있는
혀의 필체는 속필이다
혀끝 하나로 세상을 휘젓기도 하지만
잠재우는 것도 부드러운 혀다

저의 상처를 맛보는 개의 혀는
쓰라린 맛에 열중한다
땀방울이 떨어지는 혀끝의 서늘함으로
털 속의 온도를 조절하는 개
온갖 맛을 세척해 목구멍으로 넘기는 식사
풍속 같은 저의 털을
정성스럽게 핥고 있는 혀의 너머에는

쓰린 것들로 배가 부르다

나간 말들이 상처로 되돌아오는 저녁
언젠가 데인 손을 핥았던 나의 혀는
다 식어있다

이렇게 부드러운 맛이 있을까
말(言)의 목덜미를 핥아주는 혀가 있다

물뱀 지나간 자리

돌을 던지면 똬리를 틀고 있던 물뱀들이 풀어진다

돌을 던지면 스르르 원을 풀고 사라지던 풀숲의 뱀처럼 돌 맞은 자리가 풀리며 물가로 달아나는 푸른 파문은 맹독류다

부르르 떠는 독, 푸른 빛깔의 물과 얼룩얼룩 햇빛이 들어 있는 물, 물뱀이 지나가는 자리마다 지그재그의 소름이 돋 아나 있다

버들은 바람의 키를 재려는 듯 날리고 있다

개개비는 눈이 밝아 파릇한 물의 파문을 보고 가끔 헛소 문을 내기도 한다 고정 핀처럼 목이 긴 왜가리는 흐르는 물 을 밟고 서 있다 물을 밟을 수 있는 것들은 발이 아니라 몸이 다 바위를 돌아 나가는 물뱀의 소용돌이는 그 사리가 길어 잔 잔한 물에 깊게 들어앉은 숲과 아파트 음영이 구겨진다 사람 의 흔적을 지우는 것은 그리 큰일이 아니라는 듯 물뱀 지나 간 자리가 깊고 짧다

손끝으로 물회오리를 친다 실뱀들이 우글거리는 손가락사

이를 기어오르기도 하고 흩어지기도 한다 마음이든 어디든
출렁이는 곳엔 휘저어 흔들리는 회오리가 있다

  똬리를 틀고 있는 뱀은 파문 모양이다 물에 돌을 던지면
생겼다 풀어지는 똬리 모양의 물뱀들 그것들은 다 뒤끝을 가
지고 있다

아버지의 야상

아버지가 입던 야상은 겨울 창고 같았다
마른풀과 마른 장작이 들어있을 것 같았다
월동 준비라야 몸을 움츠리는 것이 유일한 채비였던 아버지
어느 날 겨울 야상 한 벌 생겼다

빗살무늬 바람과 햇빛이 동시에 들어와
겨울에는 안쪽보다 바깥벽이 더 따뜻했던
견고한 주머니 두세 개를 가지고 있는 겨울 창고
탈탈 털면 몇 년 묵은 잡곡들이 서너 알 떨어질지도 모른다
추운 날씨들은 창고에서 겨울을 보내고
희미하게 물 빠진 야상이 벽에 걸리면 물러갔다
아버지가 즐겨 입던 겨울 창고
오로지 한 가지 색으로 칠해진
아버지 겨울 창고에는 털이 없었다

봄이 되면 겨울 창고는 활짝 벗어버린다
무거운 외투를 벗어던지듯 대지의 뚜껑을 열고
모든 주머니들을 뒤집어 밭에 뿌린다
마늘과 옥수수밭이 모두 겨울 창고에서 나왔다
이것들을 들이기 전까지 옹이 빠진 빛이 들어있기도 하고

들락거리던 쥐구멍이 있던 그곳에서
빠져나온 옹이는 마치 야상에서 떨어진 단추 같았다
지퍼를 열면 두툼한 농자금이 들어있었다
야상을 걸어둔 자리에 배추꽃 피고 배추흰나비 날아가고
물뱀 몇 마리 눅눅한 몸으로 기어 나올 것만 같은
아버지의 야상은 꼭 겨울 창고 같았다

7월의 종교

칠월, 콩밭에 무릎을 꿇고
어머니 기도 중이다
늙어 쭈그려 앉기 힘든 무릎
그 무릎을 꿇고 콩밭을 맨다
넓고 긴 고랑은 한여름 고난의 십자가
푸른 강대상 앞에 땀을 뚝뚝 흘리는 기도다
잡초를 매고 북을 돋우고 순을 자르며
온몸으로 흘리는 기도

밭고랑은 어머니의 종교다
무릎을 혹사당한 예배다

꿈속에서 종소리를 들었는지
새벽잠 깨워 나서는 어머니의 예배당
개척 교회 목사님이 신방을 오시는지
무릎 꿇고 엎드려
하루 종일 청소 중이다

어머니의 기도를 저장하는지
뿌리혹박테리아 주머니가 우툴두툴하다

칸칸이 맺힌 잘 여문 콩알들은
어머니 땀방울이고 무릎 닳은 기도의 응답이다
그래서 몇 년 묵은 장맛은
헌신한 무릎의 맛이 난다
고랑처럼 길고 긴 소실점의 맛이다

가을, 딱딱한 꼬투리를 벌리는 콩 포기들
어머니의 여름 성경 학교가
누렇게 익어가고 있다

누에의 집

비가 오는 날은
누에들이 굶는 날
상상으로 짓다 만 실 통도 쉬는 누에가
네 잠을 잘 때,
방직기계들이 설치되는 때
소리 없이 설계도도 없이
기계들마다 온순한 전원이 들어온다

맑은 날에도 잠실에선 사락사락 비 내리고
낮잠 속에선 빗줄기를 엮어 사춘기 신맛 나는 꿈을 꾼다
누에는 부슬부슬 크고
뽕밭 하나를 다 먹어치운 누에들의 직조織造술
동그란 집, 날개가 된다

입을 비워 투명하게 익어가는 누에
입으로 측량하고
바깥부터 밀봉해 가는 거꾸로 집짓기를 한다
부슬부슬 빗소리로 갉아 먹었던
그 소리를 풀어 부슬부슬 집을 짓는다
고치를 가만히 흔들어보면

둔탁한 잠의 소리가 난다

고치는 무덤일까 성소일까
새하얀 밀실에 몸을 들이고
면벽을 하다 주름을 잡기도 하고
분나비로 거듭나기도 하는
착한 뫼비우스 띠 같기도 한

밥상

한쪽 다리가 부러진 밥상
부러진 쪽으로 아침이 쏟아졌다

밥상은 세상에서 가장 평평한 곳이었다
한 집 안에는 이렇게 평평한 곳이 몇 군데 있다
방바닥이 그렇고
책상이 그렇고 벽이 그렇지만
밥상은 네 개의 다리로 수평을 이룬
가장 깨끗한 곳
요란하고 화려한 색깔들이 있다

가장이란 늘 평평한 등이다
등은 가장 모욕적인 곳이고
가장 위로받기 좋은 곳이다

구름이 끼면 하늘이 기울고
기울어진 쪽으로 빗물이 쏟아진다
한쪽 다리가 부러진 세상
부러진 쪽으로 가장들이 쏟아진다
가난이란 울퉁불퉁한 곳

끼니들은 서쪽으로 엎질러지면서
가장을 따라간다

네 개의 다리를 갖고 있는 밥상
가장은 여차하면 네 개의 다리를 기어야 한다
쏟아지는 일이란
한쪽이 무너지는 일의 동의어이다

보푸라기

구름도 보푸라기다

변성기는 따라오고
여드름은 남았다
소매 끝에 보푸라기가 일었고 소매는 짧아졌다
접착성 강한 그늘은 우수수
이파리들을 뜯어냈다

계절마다 보풀은 일어나고
얇은 옷들은 낡아갔다
낡아가는 것들은 돌돌 말려 있거나
동생의 푸념이 되곤 했다
그것은 자꾸 달라붙은
동생을 떼어놓고 몰래 하는 놀이 같은 것이다

아주 오래된 옷을 꺼내면
질기도록 따라온 치수가 있다
몸집이 유행이 조금씩 옷을 떠나고 있는
흔적 같은 것이라고 말하고 싶은
동생의 옷에 훨씬 더

많이 달라붙어 있는 보푸라기들
탁탁 터는 것으로는
절대 떨어지지 않는 보푸라기들은
바람에 뭉쳐 들판에서 굴러다니는 것도 아니면서
악착스럽게 솟아오른 잡초 같은 것이다

시간의 보풀인가, 대지의 보풀인가
목소리에도 발뒤꿈치에도 머리카락에도
산 가르마에도 어머니 산소에도
엉성하고 까끌까끌한 저 보푸라기들

눈 뜨는 울음소리도
눈 감는 울음소리도 다 보푸라기다

객잔

두 눈을 번쩍거리는 것들이
사각의 점선 안에서 고요해진다

누군가 시동을 걸어주지 않으면 영원히 움직이지 않는 무
덤이 될 수 있는 바퀴와 좌석들, 차가 몰고 온 길들이 똬리를
틀었다가 몇 바퀴의 나선을 풀고 나가는 헤드라이트

은밀한 말들도 윙윙 울리는
길들의 객잔

어떤 마력馬力도 이곳에서는 고삐에 묶인다
스스로 달아날 수도 없는 방향들
눈을 부라리는 자객들인 양 감시가 있어
서로 접촉하면 안 되는 규칙이 흰 금 그어져 있는 곳

사막에서 가장 빠른 것이 모래
말발굽 자국을 먹고사는 사막의 길
말은 객잔 말뚝에 묶이고 주인은 피로에 묶인다

뿌연 먼지가 앉아있는 보닛을 보니 사막을 지나온 것이 확

실하다

　부르르 떨 때마다 털어지는 사막의 먼지들, 지하가 이토록
편안한 저들은 가끔 굉음의 관이 되기도 한다

　작은 선 안에 구겨 넣었던 길들이 풀린다
　길게 꼬리를 물고 지하를 벗어나는 저단의 속도들
　문득 지하 주차장에서 여물 먹는 소리와
　말의 콧김 내뿜는 소리가 들리는 듯하다

파열

부서지는 것들은 아주 먼 거리를 지나온 것들이다

접시 하나가 깨어지는 순간은 수많은 달그락거리는 소리
를 지나왔다
날카로운 모서리나 딱딱한 바닥을 피해 먼 시간을 지나
온 것이다

한밤에 듣는 빗소리, 바닥에 닿아야 부서진다 아무도 도
달해 보지 못한 그 높이에서 출발한 톡톡 튀는 빗방울 소리
빗소리는 편도가 아닌 왕복하는 소리들이다 한없이 부드러
운 파편

가끔 잠에서 깰 때 밤과 밤을 왕복하는 중이라는 것 울음도
웃음소리도 먼 감정을 달려와 유쾌하게 또는 슬프게 깨진다

뿌연 거울 속에서 나를 닦아야 하듯 어둠을 쪼개는 빗줄기
는 밝고 건조한 기후의 파편일까 목소리에도 부스럼이 난다

이 거칠고 텁텁한 입맛
기침 한 번에 떨어질 딱지가 아니다

부스럼에도 윤기 도는

그 시절 지나면 파편이 된다

파편은 평평한 길을 지나온 것들이다

벚꽃 일기

벚나무는 꽃을 키우는 것이 아니라 꼭지 달린 바람을 키우는 것이다

바람이 무겁다는 말은 오래된 내 일기장에서 찾아낸 말이다

겉장도 없는 쌀쌀한 일기를 쓰고 있는 벚나무는 홑받침 그늘이 엉성해서 차라리 눈이 부시다

세상에 햇살을 잉크로 쓰는 일기가 또 있을까 낡은 일기장을 들춰보면 세상엔 갈 수 없는 시간과 거리가 너무 많다는 것을 알 수 있다

그래서 가장 넘기기 어려운 노트가 일기장의 겉장이라는 것 겉장을 잘못 열면 겹받침이 많은 이야기들이 쏟아진다는 것

여러 그루의 짧은 벚나무 햇살과 함께 봄을 섞는다 바람의 무게에 내용마저 휘청거리고 꽃잎이 낱장으로 흩어진다

일기장에서 몇 그루의 벗나무를 본다 부풀었던 청춘은 앙상한 가지로 남았다

일기장 안의 글자들은 다 떨어진 꽃송이들일까 비밀처럼 숨겨 두었던 겨울의 발음들을 꺼내 봄의 한나절에 펼쳐놓은 벚꽃 일기

환하게 피어올랐던 어린나무 밑이 푸른 들판 쪽으로 몰려가고 있다

능소화 셔틀콕

약수터 옆 배드민턴장에는
네트를 넘나드는 능소화 꽃들이 있다
공중에 포물선을 그리는
능소화 꽃 속에는
눈을 멀게 하는 벌레가 있어
공을 받을 때마다 눈을 찡그린다
담장이든 네트든 어느 한쪽은
꼭 실력이 부족하다

놓치는 셔틀콕이
한쪽으로만 수북하다
여름의 담장 이쪽과 저쪽이 주고받는
능소화 셔틀콕,
아직 성한 꽃잎 누가 주워 가지도 않는다
주고받는다는 것
한쪽의 담장이 서로 바뀔 수 있다는 것

깃털 빠진 꽃들만 수북이 쌓여 있다
담장을 넘나들다니 주제넘은 꽃

어느 발자국에 붙을까
넓게 귀를 열고 있다
시들기도 전에 떨어진
짓무르면서 날아가는 셔틀콕이 있다

어설프지만 넘기기가 마냥 즐거운
주둥이 뭉툭한 깃털
공 받아줄 한쪽이 없는 칠월이다

겨울 강

　겨울 강은 겨울이 건너가는 중이어서 가늘고 느닷없는 금들이 숨어있네 물속에 이렇게 많은 조심이 숨어있다는 것을 강가에 한참 서서 알았네

　얼음은 서서히 녹지만 금은 일순간을 따라 번진다네

　누가 밟고 간 뒤끝인지 무수한 실금 나있는 얼굴을 본다네 꽁꽁 얼어있다는 증거 고요한 잠결에 쩍쩍 얼음 갈라지는 소리가 얼굴에서 난 적이 있었다네

　겨울 강은 금을 감추고 있어 무섭다네 표정이 굳은 겨울 강 내부에는 멈춘 듯 출렁이는 거친 호흡이 있다네 그래서 겨울 강을 건널 때는 실금의 틈을 조심해야 하네 그것은 누군가의 얼굴을 밟고 건너는 중이기 때문이라네

　톡톡 튀는 금을 따라가면 거울에 비친 내 얼굴, 주름진 표정이 다소 산만한 것은 수많은 길들이 숨어있는 까닭이네 딱딱해서 금이 있고 느슨해서 누그러진 틈새의 표정들

살얼음 같은 실금을 딛고 아무렇지도 않은 듯 겨울 강을
건너야 하네

어둠과 높이를 향한 지향성

이병철(시인, 문학평론가)

난해한 시들이 범람하는 시대다. 계절마다 발행되는 문예
지들을 펼쳐봐도, 대형 서점 시집 코너의 신간을 살펴봐도 자
폐적 혼잣말과 모호한 멜랑콜리, 그로테스크한 이미지들만
눈에 들어온다. 소통과 의미의 회로가 차단되거나 불분명한
말들이 어지럽게 뒤엉켜 있는 시들을 읽고 있으면, 도대체 시
는 누구를 위한 것인지 궁금해진다. 시인들끼리만 읽는 시,
비평가들을 위한 시가 진정한 시라고 할 수 있을까. 쉬우면
서도 사유의 깊이가 있는 시, 보편 공감의 영역에서 독자들
과 소통하며 감동을 주는 시. 함축과 여백의 미덕을 갖춘 시
가 눈에 잘 띄지 않는다.

시는 압축과 절제, 그리고 해석과 은유의 예술이다. 경제
적 언어 운용으로 이미지의 확장과 정서의 파동, 독자의 공
감까지를 두루 이룰 수 있어야 한다. 대상의 본질을 관통해

서 육안으로 보이는 외면 너머의 숨은 아름다움을 찾아내야 한다. 그렇게 발견해 낸 아름다움을 상투적이고 설명적인 언어가 아닌, 높은 상상력의 언어, 즉 은유로 노래할 때 한 편의 좋은 시가 탄생한다.

이른 더위를 뚫고 날아온 정와연의 시가 무척 반갑다. 정와연의 시에는 활달한 상상력과 낯선 은유, 정신의 등줄기를 곧추서게 만드는 서늘한 직관과 통찰이 있다. 감동 또한 있다. 시적 경향도 일종의 유행이라면, 그녀는 쉽게 주목받을 수 있는 주류에서 벗어나 소외와 외로움을 견디며 묵묵히 자신의 우물을 파온 시인이다. 변방의 고독을 양분 삼아 2013년 부산일보와 영남일보 두 곳에서 신춘문예에 당선되는 등 향기로운 시의 꽃을 활짝 피우고 있다.

오랜 세월 시와 싸워온 저력이 돋보이는 정와연의 첫 시집 『네팔상회』는 지독한 가뭄 가운데 내리는 단비처럼, '소통과 감동의 부재'라는 마른 땅에 물길을 내며 독자의 마음을 향해 흐른다. 시를 읽는 것은 생의 분주함으로 척박해진 내면을 습윤하게 적셔 새로운 감수성들이 풀꽃처럼 자라나게 하는 행위다. 영하의 겨울에도, 정와연의 시가 길어 올린 서정성과 감동이 봄비의 마중물처럼 따뜻하게 느껴질 것이다.

1. '어둠'과 '높이'를 추구하는 시인의 자존

정와연의 시에는 시인으로 살기 힘든 세상에 시인이라는

자기 존재를 계속 유지해 나가려는 치열한 고투의 흔적과 높은 예술의 경지, 정신성의 세계를 향해 오르려는 열망이 강하게 나타난다.

한밤, 손전등을 쥐고 어둠을 뒤진다

문득 그 옛날 처음으로

불을 들고 옮겼을 사람들을 생각한다

지금 내 손엔 어둠을 뚫고 있는

환한 길 하나를 달리는 성화가 들려 있다는 생각

아무리 어두운 칠흑에도 선뜻

발을 들여 놓을 수 있는

용기가 들려 있다는 생각

뜨겁지도 않은 불을 쥐고

어둠의 곳곳을 살핀다

나는 지금 인간의 두려움을

아무렇지도 않게 살피는 것이다

늑대도 전갈도 아득한 절벽도 이 순간만큼은

어둠을 피해 숨어버렸으므로

어떤 전능을 앞세우고 있는 것이다

순간을 밝히면서 나가는 것이라면

지금껏 어둠을 뚫고 온 길이었다면

이 비좁은 불을 쥐고

온밤을 돌아다닐 수 있다는 생각

손전등을 손에 쥐고

의기양양 어둠의 전능이 되었다가

결국 어둠의 전등이 될지라도

돌아보면 내 뒤는

또다시 캄캄하므로 다시 어둠 속으로

그 얇은 밤으로 가고 있는 것이다

—「불을 쥐고」 전문

　어둠은 확실한 것들을 불확실한 미지로, 선명한 물상들을 형태 없는 것으로 바꾼다. 눈에 익숙한 풍경들을 지워버리고, 새롭고 낯선 정경의 탄생을 예고한다. 형태도, 구획도, 화려한 색채도 어둠 속에선 무화無化된다. 어둠은 빛이 만들어낸 풍경에 익숙한 인간의 상투성을 뒤흔들며, 세계의 모습을 전혀 새롭게 바꿈으로써 육체의 눈 대신 마음의 눈으로 세상을 바라보게 하는 은밀한 유혹이다. 그러므로 어둠은 그 자체로 은유다. 어둠은 매혹적이고 신비한 세계지만 아무나 입장할 수 없다. 빛의 세계에서 지식과 관념, 확실성에 익숙한 사람들은 미지와 추상, 불확실성으로 가득한 어둠의 세계를 두려워한다. 진리라고 믿었던 것들이 쓸모없어지고, 늘 고정불변하던 세계의 윤곽이 지워져 아무것도 가늠할 수 없는 혼돈 속으로 걸어 들어가려면 큰 용기와 결단이 필요하다. 범인으로서는 할 수 없는 일을 시인은 기꺼이 마다하지 않는다.

시인의 손에는 지금 "어둠을 뚫고 있는/ 환한 길 하나를 달리는 성화가 들려 있"고, "아무리 어두운 칠흑에도 선뜻/ 발을 들여놓을 수 있는/ 용기"도 함께 들려 있다.

"손전등을 쥐고 어둠을 뒤"지는 행위는 모든 지식과 관념, 확정적 사고를 내려놓고 온몸의 감각을 열어 세계를 새롭게 감지하고 인식하려는 시도다. 앎의 자리에서 벗어나 미지를 향해 가는 용감한 암중모색暗中摸索이다. 어떤 사물이나 현상에 대한 판단이 완료된 것을 '앎'이라고 한다. 앎은 의미의 확정이자 해석의 종료다. 따라서 '앎'은 고인 물이나 마찬가지다. 새로움이 싹틀 수 없는 불모이며, 낯선 것에 반응하는 감각이 둔화된 불감증의 상태다. 옛 그리스 철학자들은 '앎'을 경계했다. 그들이 '판단 유예'를 뜻하는 에포케epoche를 학문의 미덕으로 삼은 것은 지식의 불완전함을 일찍이 깨달은 까닭이다.

시인은 "어둠의 곳곳을 살핀"다. 어둠을 들여다보는 것은 미지에 대한 자기 내면의 두려움을 "아무렇지도 않게 살피"는 일이다. 또 "순간을 밝히며 나가는 것"이다. 찰나에서 영원을 발견하는 직관의 광휘, 일시적이고 우연한 것에서부터 아름다움을 포착하는 본능적 탐미가 어둠 속에서 이뤄질 때 비로소 '어둠'은 '전능'이 된다. 빛이 거세된 암흑 속에서 세계에 대한 고정된 관념을 걷어내자 무한한 은유의 가능성이 열리기 시작하는 것이다. 확실성의 세계와 결별해 불확실성과 우연, 혼돈으로 이뤄진 어둠으로 입장하는 순간, 대상에 감춰진 비가시적이고 미시적인 본질을 투시하게 된다.

남들이 가지 않는 어둠으로 들어가려는 정와연의 용기는 시인이라는 자기 존재를 유지하기 위한 치열한 내적 고투의 동력이 된다. 그녀는 잠깐의 시적 성취에 만족하지 않고 끊임없이 "어둠 속으로", "얇은 밤으로" 나아가려 한다. 스스로를 어둠에 가두는 것은 낯선 감각들과 미지로 이뤄진 세계에서 벗어나지 않겠다는 의지 없이는 불가능하다. 시인에게 있어 시란 끝이 보이지 않는 동굴이며, 육체와 정신을 다해 더듬고 나아가야 겨우 한 뭉치 빛이 손에 잡히는 척박한 협곡이다. 대개 야생의 골짜기들이 그렇듯 가파르고 위험하며, 불빛 하나, 사람 목소리 하나 없는 고독의 장소, 거기가 바로 시가 존재하는 곳이다.

　　사슴의 뿔을 보면 사다리 같다는 생각, 제 뿔에서 뛰어내리는 영혼을 죽음에 걸쳐놓고 사슴은 직각의 은신처를 기다린다는 생각

　　고개를 숙여야만 먹을 수 있는 초식, 뿔을 하늘에 척 걸치고 연한 나뭇잎을 따 먹기도 하는, 솟은 뿔을 벗고 연한 뿔이 돋는 곳엔 불현듯 들었다 내리는 고개에 불안이 있지

　　뿔을 벗는 것과 새고자리가 돋는 곳엔 어떤 상처가 있을까

　　버거움과 가벼움에 대해 갸우뚱하는 고개, 일 년의 농사를 어디에 부리고 어떤 휴식을 기다리는 것일까

다시 처음으로 돌아가는 길 뿔을 벗고 새순을 키우는 봄 뿔
의 법칙에는 연조나 과시가 있지만 연한 뿔에서는 왠지 비릿한
냄새가 날 것 같다는 생각

사슴은 언제 그 또랑한 눈을 감을까 목덜미가 헐거워졌을
때, 혹은 온갖 풀들의 맛이 사라졌을 때 또랑한 그 눈으로 사
다리의 갈래를 헤매다가 매년 길을 잃어버리는 수난을 겪지만
그 뿌리가 자라서 또 다른 방향을 가리키고

삶과 죽음이 웅크리고 있는 갈래에서 맹수가 들이닥치면
무겁고 거추장스러운 뿔이지만, 그것이 사슴을 사슴 되게 하
는 것

—「사슴이 눈을 감을 때」 전문

미지와 고독의 세계인 어둠 속으로 스스로를 몰고 간 시
인은 이번엔 허공에 사다리를 세우고 수직의 높이를 향해 오
른다. '어둠'과 '높이'는 정와연의 시 세계를 상징하는 단어들
이다. 어둠 속 장애물에 부딪치거나 높은 곳에 올라가는 중
에 우리는 다치고 상처받기 쉽다. 시 쓰기는 물론 모든 예술
은 타성과 관습에 젖은 정신을 찢어 거기서 새로운 감수성을
끄집어내는 행위다. 정신에 새살을 돋게 하는 것이 예술이라
면, 상처는 예술의 불가결 요소다.
  "뿔을 벗는 것과 새고자리가 돋는 곳엔 어떤 상처가 있을
까"라고 물을 때, '사슴'은 곧 시인의 은유가 된다. 위 시에서

사슴은 "영혼을 죽음에 걸쳐놓고" "직각의 은신처를 기다린" 다. '직각의 은신처'와 '사다리'는 모두 높이 지향의 장소다. 높은 곳을 오르내리며 먹이 활동을 하는 과정에서 절벽에 다치고, 나무에 긁히는 상처를 입지만, 높은 곳에서만 오직 "뿔을 하늘에 척 걸치고 연한 나뭇잎을 따먹"을 수 있다. 그러므로 직각의 은신처와 사다리는 속세에서 벗어난 정신성의 자리, 예술의 산실이 된다.

정와연의 상상력에 따르면 사슴의 뿔은 높은 예술의 경지를 향해 올라가는 '정신의 사다리'다. 이제 사슴의 뿔은 사다리가 되었다. 그 사다리 위에는 "왠지 비릿한 냄새가 날 것 같"은 잉태와 신생의 공간이 있다. 사다리를 타고 직각의 은신처에 머무는 사슴은 "일 년의 농사를 어디에 부리고 어떤 휴식을 기다리는" 중이다. 먹고살기 위해서는 '일 년의 농사'에 전념해야 하지만, 시인의 메타포인 사슴은 일 년 농사에는 별 관심 없이 '어떤 휴식'이나 기다린다. 이때 휴식이란 육체의 쉼을 통해 정신을 고도로 집중할 수 있는 예술 창작의 시간을 의미한다. "버거움과 가벼움에 대해 갸우뚱하"며 사유하거나 "또랑한 그 눈으로 사다리의 갈래를 헤매"는 일에 열중할 때, "온갖 풀들의 맛이 사라"지는 허기와 궁핍, "매년 길을 잃어버리는 수난"을 겪지만 사슴은 결코 저 높은 곳, 직각의 은신처를 포기할 수 없다.

현실에 안주하며 편안한 삶을 살 수도 있지만 그 삶에는 예술의 새순이 자라나지 않는다. 현실 법칙에서 유용한 것 대신 무용한 '시'를 택한 결과 시인은 "삶과 죽음이 웅크리고 있는 갈래"에서 매일 고통받는다. "맹수가 들이닥치"듯 가난, 외로움, 무관심, 소외, 육체의 쇠락 같은 세상 고난들이 눈앞에서 으르렁댈 때, "무겁고 거추장스런 뿔"을 버리면 얼마든지 편하게 살 수 있음에도 불구하고 사슴은, 아니 시인은 그 뿔이 "사슴을 사슴 되게 하는 것"이라며, 시인을 시인 되게 하는 것이라며 결코 포기하지 않는다. 어둠과 높이를 추구하는 시인의 자존이야말로 정와연의 시를 어둡고 높은 곳에서 별처럼 빛나게 하는 광휘다.

　그녀가 시인의 말에서 "시를 쓴다는 것은/ 세상의 덕장에 막대기 하나 꽂고/ 나를 걸어 말리는 일"이라고 노래할 때, 시인은 영혼이 얼고 녹음을 반복하는 극한의 고통을 기꺼이 감내하며 "깡마른 이름 하나 얻는" 세상과의 불공정 거래를 자처한다. 시는 "노인, 곶감, 황태, 번데기, 시래기"처럼 "싱싱함을 버"려야만, 육체의 젊음과 생기를 소모해야만 얻어지는 결과물이라는 것을 깨달았기 때문이다. "불기만 할 뿐 들숨을 허용치 않는다 벌게진 얼굴로 들숨을 참았을 때 날숨이 식으면서 온갖 기물器物이 된다"(「유리를 부는 사람」)는 유리 공장 숙련공의 작업과 시 쓰기는 서로 닮아있다. 시 쓰기 역시 자신의 숨을, 생명을 스스로 갉아먹는 일이다.

　보편적이고 실용적인 현실 법칙을 버린 대가는 가혹하다. 예술의 세계가 풍족할수록 현실 세계의 궁핍은 자라난다. "겨울 강은 겨울이 건너가는 중이어서 가늘고 느닷없는 금들이 숨어있네 물속에 이렇게 많은 조심이 숨어있다는 것을 강가에 한참 서서 알았네"(「겨울 강」)라는 고백에서 짐작할 수 있듯 시인으로서의 삶은 살얼음판 위를 걷는 것처럼 아슬아슬하다. 본래 예술가의 생애는 굶주림과 가난을 수용하는 자리에서 출발한다. 현실의 고난에도 시인은 "살얼음 같은 실금을 딛고 아무렇지도 않은 듯 겨울 강을 건너"간다. 그럴수록 세속 사회와의 단절은 더욱 심화될 것이다. 그러나 시인은, 감히 누구도 건너갈 용기를 내지 못하는 겨울 강에서 영혼이 풍요롭다. 얼어붙은 강처럼 정신을 날카롭게 벼릴 수 있는 자리, 세속 사회와 멀리 떨어진 고독의 공간에서만 유리같이 차고 맑은 시를 쓸 수 있다는 것을 잘 알기 때문이다.

2. 삶의 구체성에서 길어 올린 감동

돼지 껍데기를 굽다 보면 꼭

안쪽으로 오그라든다

껍데기들은 채워 넣어야만 했던 안쪽을 기억한다

살아있을 때의 습관으로

지글지글 살아있는 껍데기

익어가면서도 버리지 못하는 폭식의 습성

제 속을 늘리려 더 급격한 곡선을 만들던

팽팽해지려고 부푼 비만을 쫓던

돼지들의 탐식이 남아있다

털이 다 뽑힌 껍데기에서

지글지글 연기가 뽑혀서 나온다

옥죄일 내장을 찾아 더 질기게 오그라든다

돼지들은 연기를 품고 있다

살아있는 돼지들에겐 짧게 자라난 연기가

모락모락 난다

질긴 맛이란 뒹굴고 늘어지고 코를 박던 맛

오래 씹는다 가장 바깥쪽의 맛

쫄깃하고 고소한 돼지 껍데기에선

뒷발을 버티고 젖꼭지를 필사적으로 빨던

돼지 새끼들의 입안으로 흘러드는 젖의 맛

속이 비어 돌돌 말리는 껍데기들

더 이상 젖꼭지를 질겅질겅 깨무는 늦둥이도 없는

껍데기들 둥글게 모여 앉아

껍데기를 씹는다

―「껍데기를 씹다」 전문

이 시는 쉽게 읽힌다. 그러나 담아내고 있는 사유와 서정
의 깊이는 만만찮다. 문학평론가 유종호 선생은 유명한 저서
『시란 무엇인가』에서 "이 세상의 가치 있는 모든 것이 어려운

것"이라고 말한 바 있지만, 정와연의 시는 쉽다고 해서 그 가치가 절하되지 않는다. 이 시는 서민의 술상에 오르는 돼지 껍데기를 소재로 "돼지 새끼들의 입안으로 흘러드는 젖의 맛"까지 다루며 '소울 푸드soul food'에 대한 인간과 동물의 공통된 그리움을 노래하고 있다.

시의 화자는 돼지 껍데기를 구우며 껍데기가 "꼭/ 안쪽으로 오그라"드는 현상에 주목한다. 상상력을 발휘해 돼지의 살아생전 "채워 넣어야만 했던" "폭식의 습성", "팽팽해지려고 부푼 비만을 쫓던 탐식"의 욕망이 죽은 후에도 남아있는 것임을 알아차린다. 여기서 시적 사유는 더 깊은 데로 파고들어 돼지 껍데기의 '질긴 맛', 인간의 식탁에서 쫄깃하고 고소한 그 맛이 돼지 입장에서는 "뒹굴고 늘어지고 코를 박던 맛"이라는 것을, "뒷발을 버티고 젖꼭지를 필사적으로 빨던 돼지 새끼들의 입안으로 흘러드는 젖의 맛"이라는 것을 눈치챈다. 평범한 술안주에 지나지 않던 돼지 껍데기가 악착같은 생명력과 모성의 상징으로 승화되는 순간, 화자는 중년 여성인 자신이 "더 이상 젖꼭지를 질경질경 깨무는 늦둥이도 없는/ 껍데기"라는 자각에 이른다. 이미 무수한 시인들이 서민의 궁핍한 밥상을 묘사하며 페이소스를 자아낼 때 주로 사용하던 돼지 껍데기라는 상투적 소재가 시인의 자전적 고백을 통해 이 시에서는 쇠잔한 여성의 몸에 대한 사유는 물론 모성과 생명의 존엄까지 환기하는 새로운 이미지로 확장된 것이다.

시인이 "어디에도 없는 그 신전이 곧 어머니 당신이었다는 것을, 쓸쓸한 한 채의 절이었다는 것을 알았습니다 승탑은 아니지만 마음 깊숙한 곳에 부도만 남은 폐사지 하나 남아있습니다"(「폐사지廢寺址」)라고 노래하는 대목에서도 모성에의 그리움이 나타난다. 아늑하고 평온한 보금자리로서 어머니의 품은 곧 고향과 동의어가 된다. 아래 시는 이상 공간인 고향으로의 회귀를 소망하는 이주 노동자들의 삶을 감동적으로 그려내고 있다.

분절된 말들이 이 골목의 모국어다

춥고 높은 발음들이 산을 내려온 듯 어눌하고

까무잡잡하게 탄 말들

같은 말을 하는 사람들이 모이면 동네가

되고 동네는 골목을 만들고

늙은 소처럼 어슬렁거리는 휴일이 있다

먼 곳의 일을 동경했을까

가끔은 무명지 잘린 송금이 있었다

창문 없는 공장의 몇 달이 고지대의 공기로 가득 찬다

마음이 어둑해지면 찾는 네팔상회

기웃거리는 한국어는 이국의 말 같다

달밧와 향신료가 듬뿍 밴 커리와 아짜르

손에도 엄격한 계급이 있어 왼손은 얼씬도 못하는 밥상

그러나 흐르는 물속을 따라가 보면

다가가서 슬쩍 씻겨 주는 손

그쪽에는 설산을 돌아 나온 강의 기류가 있다

날개를 달고 긴 숫자들이 고산을 넘어간다

몇 개의 봉우리가 창문을 두드린다

질긴 노동이 차가운 맨손에서 목장갑으로 낡아갔다

세상에는 분명 돌아가는 날짜가 있다는 것에 경배,

히말라야 줄기를 잡아끄는 골목의 밤은

와자지껄하거나 까무잡잡하다

네팔 말을 몰라 그냥 네팔상회라 부르는 곳

알고 보면 그 가게 주인은 네팔 사람이 아니다

돌아갈 날짜가 간절한 사람들은 함부로

부유하는 주소에서

주인으로 지내지 않는다

—「네팔상회」 전문

한국 어느 도시 뒷골목 외국인 식품점의 일상적 풍경을 묘
사한 이 시에는 이주 노동자 사회의 고독과 페이소스가 진하
게 스며있다. "같은 말을 하는 사람들"이 "마음이 어둑해지
면 찾는" "네팔상회"는 "달밧와 향신료가 듬뿍 밴 커리와 아
짜르" 등 네팔 문화권의 음식을 팔고, 힌두교 관습을 따라
"손에도 엄격한 계급이 있어 왼손은 얼씬도 못하는 밥상"을
펼친 곳이다. 거기서 이주 노동자들은 하릴없이 어슬렁거리
고, 송금을 하고, "먼 곳의 일을 동경"하고, 고향으로 돌아갈

날짜를 손꼽아 센다.

　가난에서 벗어나기 위해, 가족의 생계를 유지하기 위해 한국으로 온 이주 노동자들에게 '네팔'로 상징되는 고향은 흙먼지 날리는 비포장도로, 전기도 들어오지 않는 히말라야 줄기의 캄캄한 밤, 고산을 넘어가야 간신히 만날 수 있는 식료품 상점 같은 이미지로 여전히 남아있을 것이다. 가난과 불확실한 미래, 고된 노동의 자리였지만 그래도 고향은 이주 노동자들에게 언제나 이상 공간이다. 네팔상회에 모여 "왁자지껄하거나 까무잡잡"하게 수다하며 어울리는 것은 이주 노동자들 스스로 이상 공간인 고향을 재현하는 일종의 모방 행위다. 고향의 음식점에 앉아 따뜻한 커리 한 그릇에 힘든 하루를 잊고 목청껏 노래 부르며 고산지대를 휘청휘청 걸어가던 겨울밤을 재구하면, 아득히 멀기만 한 풍경들, 추억들, 그리운 부모 형제, 어린 날의 꿈까지 생생하게 되살아난다. 그 순간 네팔상회는 정말로 네팔의 어느 한 마을로 변모한다. '커리'와 '아짜르'라는 매개체가 전혀 다른 두 장소를 하나로 연결하는 것이다. 이 커리와 아짜르는 백석이 노래한 바 "나는 혼자 쓸쓸히 앉아 소주를 마신다"(「나와 나타샤와 흰 당나귀」)고 했을 때의 '소주'와 비슷하다. 커리는 한 끼 식사이고 소주는 술이라는 점이 다르지만 고독과 외로움, 고향에의 향수를 불러일으킨다는 점은 동일하다. 비록 커리 한 그릇에 담긴 짧은 환상이지만, 잠시나마 고향을 체험할 수 있기에 이주 노동자들은 계속해서 네팔상회의 문을 두드릴 것이다.

"돌아갈 날짜가 간절한 사람들은 함부로 부유하는 주소에 서/ 주인으로 지내지 않는"다. 직장을 얻고, 생활할 공간도 구해 나름 한국 사회에 정착했지만 이주 노동자들은 어쩔 수 없는 이방인이다. 아무리 많은 월급을 받고, 발달된 사회 인 프라의 혜택을 누린다고 하더라도 차별과 냉대, 소외가 가득 한 타국이 진정한 터전으로 느껴지지 않는다. 가진 것 하나 없어도 말 통하고 차별의 설움 없던 고향에서의 삶이 이들에 게는 절실하다. 현실적인 문제로 당장 이상 공간인 고향으 로 돌아갈 수 없는 이들이 고향을 회복하는 유일한 방법은 네 팔상회를 기웃거리는 일뿐이다. 정와연은 소외되고 주목받 지 못하는 이주 노동자들의 삶을 구체적으로 그려내면서 인 간 내면 보편 정서인 '향수'를 독자들에게 설득시키고 있다.

이미지를 잘 만들고 언어를 능란하게 부리는 것만으로 시 에 감동이 발생하지는 않는다. 겪어보지 않은 일을 마치 겪 어본 것처럼 아무리 실감나게 쓴다고 해도 직접 체험의 구체 성만큼은 흉내 낼 수가 없다. 유려한 미문이나 대상의 본질 을 꿰뚫는 잠언이 주는 언어적 · 예술적 쾌감도 대단한 것이 지만, 서사와 서정에서부터 우러나오는 정서적 감동이야말 로 보편 공감을 불러일으킨다. 정와연의 시는 자신의 구체적 체험을 바탕으로 한 서정의 힘이 세다. 일상의 풍경들을 향 해 바싹 엎드려 포복하기 때문에, 가까이 들여다보아야만 볼 수 있는 생의 미시적 장면들을 놓치지 않는다.

정와연은 닿을 수 없는 높이를 향해 손을 뻗으며, 빛나는 것을 끊임없이 탐하는 시인이다. 잠깐 광휘로 반짝이다 금세

소멸하는 초신성이 아니라 오래 빛나는 은하수처럼, 그녀의
시가 독자들 곁에서 오랜 세월 은은한 빛을 발할 것이라는 사
실, 나는 믿는다.

천년의시인선